이시환 제12시집

몽산포
밤바다

신세림출판사

몽산포 밤바다

지금 나의 머릿속은
바람 든 무 속 같다.
그래서 조금은 슬프다.

이 시집 안에 든
나의 올망졸망한 시들은
이미 나의 과거가 되어 있다.

시를 밖에서 멀리 바라볼 때에는
꽤 아름답고 꽤 눈 부셨는데
정작 그 속으로 들어와 살다보니
무엇이 아름답고
무엇이 내 눈을 그리 부시게 했는지
의아스럽다.

이제 안에서 밖을
내다볼 때가 되었나 보다.
시 안에 갇혀 있는 것보다
바깥 세상이 더 그리운 것이….

2013년 02월 28일
이 시 환

|차례

이시환 제12시집
몽산포 밤바다

이시환 제12시집
몽산포 밤바다

차례I

제2부

|차례

이시환 제12시집
몽산포 밤바다

제3부

이시환 제12시집
몽산포 밤바다

차례

제4부

|차례

이시환 제12시집
몽산포 밤바다 # 차례

제1부

그해 겨울

하늘에서 바라보면
한낱 지렁이 꿈틀거리듯
굽이치던 장강도 꽁꽁 얼어붙고
산과 들은 백지장처럼 하얀 눈으로
온통 뒤덮여 있다.

그해 겨울,

나도 한 그루 헐벗은 미루나무처럼
그 깊은 겨울에 갇혀서
숨죽인 대지의 심장 뛰는 소리에 귀를 묻고
그 텅 빈 세상에 갇혀서
이글거리는 눈빛을 깃발처럼 내걸어 놓는다.

불면不眠

어젯밤은
쌓인 눈더미의 무게를 이겨내지 못하고
늙은 소나무 가지 부러지며
찢어지는 소리 지척에서 들리더니

오늘밤은
대숲에 거센 바람 몰아쳐
이리저리 댓잎 쓸리고,
곧다는 그마저 꺾이어
끌려가는 소리에 잠 못 이루네.

수상타, 세상의 거친 바람을 탓하랴.
부러지기 전에 먼저 휘는 저들을 탓하랴.
아니 휘고, 아니 부러지려다가
끝내 꺾이고 마는 너를,
너를 탓하랴.

새삼 차 한 잔을 마시며

추우나 더우나 사시사철 내내
잠들기 전 홀로 마시는
차 한 잔의 온기와 부드러운 감촉을
얼마나 누려 왔던가.

그 안온함 속에서
그 부드러움 속에서
나를 거듭 거듭 침잠시켜 온
나날이 얼마던가.

너의 빛깔에
너의 부드러움에
너의 은은한 향에 빠지고 빠져
스스로 나의 눈을 흐리게 하고,
스스로 나의 피를 탁하게 하였음을

새삼 차 한 잔을 혀끝에 굴리며
익숙해진, 네 빛깔, 네 향기, 네 촉감에
이미 길들여져 있음을
이 몸이 먼저 지각하고서
내게 말을 건네네.

여름나기

너도나도 산으로 바다로 줄지어 나가고,
더러 가진 자들은
지구 반대편으로 가서 겨울을 나고 오지만
나는 이 염천炎天의 무더위가 기승을 부리면 부릴수록
골방으로 기어 들어가네.

어쩌다 거리를 나서면
그야말로 한증막에 들어선 듯하지만,
노모가 심장질환으로 온 집안 식구들을 놀라게 하며
입원 검진을 받는 동안 일과는 엉망이 되어 버리고
노심초사 왔다 갔다 하여도
살맛이 나는 것은,
대나무 돗자리에서 둥글둥글 배를 깔고 누워
취옹醉翁 선생의 '가을소리'를 소름이 돋도록
온몸으로 듣고 느낄 수 있기 때문이라.

그의 천부적인 감수성 덕으로
무딘 나조차 의욕이 일어
그동안 써두었던 문장들을 손질하느라
여름 한 철이 지나가는 줄도 모르고 있다가
어느 날 아침저녁으로 쌀쌀한 기운을 받고서야
몸을 움츠리며 옷을 바꾸어 입네.

취옹醉翁 선생을 위한 나의 노래

누군들 젊은 날에 꿈, 꿈조차 없었으랴.
저마다 최선을 다해 앞만 보고 살았건만
어느새 세월이 저만큼 앞질러 가버려
크게, 이룬 것도 가진 것도 없이 몸만 늙었네그려.

누군들 젊은 날에 아름다움이야 없었으랴.
저마다 싱그러움 뽐내고 자신감 넘쳐, 넘쳐 살았건만
어느새 희어진 머리칼은 성기어지고
쳐진 어깨, 주름진 얼굴엔 수심만 깊어가네.

쓸쓸하구나,
뒤돌아보면 걸어온 길만 아득한 것이.
부질없구나,
젊음은 어디 가고 늙은 몸만 남았는가.

아하, 한 번 더 생각해보면
더는 쓸쓸할 것도,
더는 아쉬울 것도 없네그려.
이것이 그것, 그것이 이것 아니던가.
귀한 진주가 티끌이요,
티끌이 또한 진주 아니던가.

진달래꽃

1.

긴긴 겨울을 나고서야 너는 더욱 붉어라.
그늘진 산비탈 어디런들 서지 못하랴.
오로지 봄을 기다리는 저 간절함으로
우리 메마른 가슴에 먼저 피어나는 희망 진달래여,
뒤돌아보면, 내 옷소매를 잡아끄는 너의 미소
연분홍빛 환희의 눈물이어라.

2.

매서운 눈보라 몰아칠수록 너는 더욱 뜨거워라.
풍-진 세상 어디런들 함께 가지 못하랴.
한사코 봄을 기다리는 반도땅의 숨결로
우리 마음 속 심심산천에
불길처럼 피어나는 사랑 진달래여,
뒤돌아보면, 내 발길 붙잡는 너의 눈물
기쁨의 수줍은 미소이어라.

....

유난히 길고 긴, 추운 겨울(시련·고통) 속에서도 봄(소망·새 세
상)을 간절하게 기다리는 우리들처럼 인고의 세월을 이겨내고,
비로소 화사하게 피어나 사람들의 눈길과 발길을 묶어두는 진
달래꽃(한민족)의 생명력과 아름다움을 노래하고 싶었다.

뚝섬

1.

어느 날 불현듯 (네가) 그리워 그리워지면
하던 일 멈추고 단숨에 달려가는 곳
뚝섬, 그곳에 서면 그곳에 서면
나보다 꼭 한 걸음씩 앞서가며
형형색색 들꽃들을 흔들어 깨워놓는
실바람 불고 실바람이 불고

그곳, 그곳에 서면 모든 게 신비로워라.
하늘과 땅이 속삭이는 소리, 소리 들리고
그곳, 그곳에 서면 모두가 아름다워라.
손을 꼭 잡고 함께 걷는 이들의 달콤한
사랑이 흐르고, 끝없는 길, 길이 열리는 뚝섬.
사랑이 흐르고, 끝없는 길, 길이 열리는 뚝섬.

2.

어느 날 불쑥 (네가) 보고파 보고파지면
하던 일 멈추고 단숨에 달려가는 곳
뚝섬, 그곳에 서면 그곳에 서면
나보다 꼭 한 걸음씩 먼저 가며
금빛은빛 물결(을) 비단처럼 깔아놓는
아침저녁 햇살에 섬세한 손길이 있네.

그곳, 그곳에 서면 모든 게 신비로워라.
하늘과 땅이 속삭이는 소리, 소리 들리고
그곳, 그곳에 서면 모두가 아름다워라.
손을 꼭 잡고 함께 걷는 이들의 달콤한
사랑이 흐르고, 끝없는 길, 길이 열리는 뚝섬.
사랑이 흐르고, 끝없는 길, 길이 열리는 뚝섬.

청명清明

비온 뒤 맑게 갠 하늘을 가슴 가득 담아 보시라.
그 청명함은 우리의 발걸음 한결 가볍게 하고,
그 투명한 햇살은 세상을 더욱 눈부시게 하네.

비온 뒤 촉촉이 젖은 대지를 맨발로 걸어 보시라.
그 부드러움은 숨 쉬는 것들에(게) 생명의 불꽃 되고,
그 산들, 산들바람은 살아있음에 기쁨 누리게 하네.

하늘은 늘 말이 없으나 스스로 깊어가고,
대지는 늘 말이 없으나 스스로 두터워라.

무우수無憂樹

세상에 근심 걱정 없는 사람 있으랴.
세상에 근심 걱정 없는 사람 있으랴.

그래, 무수, 무우수 꽃이다 피었지.
그래, 무수, 무우수 꽃이다 피었지.

그 옛날 마야는 그 꽃그늘 아래서
아이를, 아이를 낳았지만

오늘날 우리는 그 아이의 꽃그늘 아래서
안식, 안식을 누리네.

일장춘몽

인생이란 그러한가.
늘 갈 길은 멀고멀어도
한눈파는 새 지나가 버리고.

인생이란 그러한가.
늘 지나온 길이사
뒤돌아보면 아득하기만 한 것이.

꿈, 꿈이란 그러한가.
붙잡아 두려하면 이내 사라져 버리고.
잊으려 고개 돌리면 코앞에서 어른거리는 것이.

아하, 눈을 감으면 아득하고
눈을 뜨면 마냥 그리워라.

대숲에서

나는 보았네.
나는 보았네.

돌연, 바람 불어와
키 큰 대나무들이 휘어
저 달을 가려도

나는 보았네.
나는 보았네.

커다란 대마무가 부러질 듯 휘어도
깊은 대숲은 고요하기 이를 데 없음을.

네 푸르름 네 싱그러움 앞에서
네 고요 네 적막 속에서

나는 한낱 깃털처럼 가벼이
들어 올리어지는 것을.

슬픈 사람에게

1.

밤하늘에 별들이
어둠 속에서 더욱 빛나듯이
때로는 밀려오는 슬픔에
우리 기쁨 더욱 커지네.
슬픔에 잠긴 서러운 사람이여,
훌훌 털고 일어나라, 일어나라.
그대 눈물이 우리 기쁨의 구슬 되네.
훌훌 털고 일어나라, 일어나라.
오늘의 절망이야
내일의 희망이 되리라.

2.

비온 뒤에
땅이 더 더욱 다져지듯이
밀려오는 슬픔에
우리 기쁨 더욱 커지네.
슬픔에 빠진 우울한 사람이여,
훌훌 털고 일어나라, 일어나라.
그대 아픔이
우리 기쁨의 보석 되네.
훌훌 털고 일어나라, 일어나라.
오늘의 근심이야
내일의 웃음 되리라.

가을의 쓸쓸함

북서쪽에서 밀려오는 차가운 기운에
하늘은 마냥 높푸르고 대지는 제법 싸늘한데
난 갈 곳 없고 날 찾는 이 또한 없구나.

때마침 비온 뒤라 골골에 단풍은 더욱 붉고
한낮의 따뜻한 햇살로 윤기마저 감도는데
내 어제 깎은 턱 밑 수염만이 드세구나.

멀리 보이는 산조차 오늘따라 더욱 선명하고
하루해는 짧아져 어둠 쉬이 내리건만
거칠어지는 손발에 굼뜨는 이 몸을 어이해.

어느새 가을이로구나.
쓸쓸한 가을, 내 인생의 가을이로구나.
어느새 가을이로구나.
돌이킬 수 없는 가을, 내 인생의 가을이로구나.

땅

-어느 인디언의 플룻연주를 들으며

어느 땅인들
영광의 웃음 새겨지지 않았으며,
어느 땅인들
치욕의 눈물 뚝뚝 떨어지지 않았겠는가.

어느 땅인들
조상의 뼈가 묻히지 않았으며,
어느 땅인들
우리 숨결 배어들지 않았겠는가.

이 뜨거운 산하山河를
맨발로 누비지만
발길 닿는 곳마다
눈길 머무는 곳마다

네 북소리에
이 가슴은 더욱 뛰고,
네 피리소리에
이 땅은 더욱 짭짤해진다.

창덕궁의 향나무

얼마나 길고 긴 세월을 기다려 왔던가.
얼마나 쓰라린 아픔과 치욕 견뎌 왔던가.
이제 때가 이르매
단 한 번의 몸부림을 치노라니
땅이 흔들리고
하늘이 쪼개어지는 듯하구나.

천년주목 앞에 서서

이 높은 곳에서
천하를 굽어보며 홀로 산다는 게
얼마나 시원하고 얼마나 자유롭더냐?

온갖 세파世波를 거스르면서
목숨 다할 때까지 제 자리를 지켜낸다는 게
얼마나 버겁고 얼마나 힘겨운 인고忍苦이더냐?

스스로 매이지 않고
스스로 엮이지도 않으며 살아온
네 몸에 밴
그 고고함이
그 외로움이
그 깊은 고뇌가
도리어 눈부시던 날

나는
초라한 나를 보았네.

제2부

더위나기

　낮기온이 섭씨 32, 3도를 웃돌고 열대야가 연일
계속되는 한 여름날, 나는 내가 살고 있는 아파트
18층 나만의 작은 방에서 반가부좌를 틀고 있거나
누워서 창밖 하늘을 바라본다.

　다들 더위를 피해서 산이나 바다로, 수영장이나
찜질방으로, 혹은 고급식당이나 지구 반대편으로
가서 나름대로 살아있음의 기쁨을 누리기 바쁘지
만 나는 텅 빈 공간에 홀로 남아 고요의 성城을 쌓
고 있다. 그것도 거추장스런 옷이란 옷을 다 벗어
버리고 겨우 헐렁헐렁한 팬티 한 장만 걸친 채 -
사실 그조차도 필요 없지만 - 눈을 감고 앉아 있노
라면 두세 시가 되기도 전에 태양열에 점점 달구
어지는 도심 속 아파트 콘크리트 열기를 느낄 수
있고, 밤이 되어도 좀처럼 식지 않아 오히려 바깥
공기보다 실내공기가 더 무덥다는 사실을 체감할
수 있다.

　그래도 유별나게 무더운 이 여름날의 정점頂點에
버티고 앉아 있노라면, 그러니까, 가급적 몸을 움
직이지 않고, 숨조차 크게 쉬지 않으며, 마음속으
로라도 그 무엇을 의도하거나 품지 않는 상태로

머물러 있노라면, 신기하게도 멀리 있는 것도 가깝게 보이고 아주 작은 소리조차도 선명하게 들려온다. 심지어 성벽을 기어오르는 작은 뿔개미들도 보이고, 하늘에서 구름이 피어오르다가 사라져가는 소리까지도 다 들린다.

그렇게 고요의 성城 안에 머물러 있게 되면 가끔씩 비단결 같이 부드러운 바람이 소리 없이 내 알몸을 휘감았다가는 슬그머니 풀어지기도 한다. 그렇게 바람의 꼬리가 내 성을 빠져 나갈 때마다 내 마음 속 한 구석에 높이 매달아 놓은, 작은 풍경風磬이 흔들리면서 내는 낭랑한 소리가 바람에 벗꽃 날리는 듯하다.

나는 그 풍경소리가 꽃잎처럼 쌓였다가 쓸리는 곳으로 천천히 발걸음을 옮겨 놓으면서 높고 푸른 하늘을 올려다보며 미소를 짓는다. 아니, 낮 기온이 섭씨 47도가 아닌 470도나 되도록 태양열이 작열하는 저 금성의 지옥 같은 황량한 지표면을 홀로 걸어가고 있다고 상상하니 말이다.

선물

나는 중국 길림성에 사는 어느 시인으로부터 아주 특별한 선물을 받았다. '백두산에서 자생하는 야생화 백 가지'라며 아주 작은 비닐봉지 백 장에 각기 다른, 마른 꽃들이 조금씩 들어있는 꾸러미였다. 차茶로 마시면 더없이 좋다하나 나는 일년이 다되도록 그것을 머리맡에 놓고 잠을 잔다. 그 야생화 봉지에서 솔솔 품어져 나오는 향기에 취하다보면 꼭 내가 백두산 기슭 꽃밭 어귀에 쪼그리고 앉아있는 듯 곧잘 착각하기 때문이다.

화산재가 무너져 내리는 비탈길을 조심스레 내려오며 나는, 키가 작고 순박한 얼굴의 그 시인을 떠올리지만 아직까지 그에게 작은 선물 하나 보내지 못했다. 올 해가 다 가기 전에는 새로 나오는 나의 시집 한 권이라도 꼭 보내야겠다. 궁색한 서울생활이 송구할 따름이다.

태산을 다녀와서

말로만 듣던 태산泰山에 올라보니
높고 높은 산은 간 데 없고
하늘과 땅을 경외敬畏했던 옛 사람들의
간절한 속마음이 빛바랜 탑塔되어 서있구나.

뵙고 싶어도 뵐 수 없었던 산신山神마저 오늘은
점잖고 위엄어린 사람의 모습으로 앉아 계시고,
하늘나라 옥황상제玉皇上帝까지 정장을 하고서
근엄하게 내려와 계시다마는

말로만 듣던 태산에 올라보니
깊고 깊은 산은 간 데 없고
장사진을 이룬 사람 사람들의 말[詞]과 말[辭]이
곳곳에서 피어오르는 향불 연기 되어
허공중에 사라져 버리고 마는구나.

오는 길 가는 길 따라
곳곳에 서있는 화려한 비문碑文도,
크고 작은 암벽마다에 새겨 놓은 호기豪氣도
비탈에 서있는 한 그루 청정한 소나무 눈빛만 못하건만
뒤돌아보면 다 우리들의 부질없는 욕심 아닌가.

무서운 태풍

블랙홀 같은 눈빛을 앞세우고
점점 가까이 다가오고 있다.

살아 숨 쉬는 것들은 이미 반사적으로
땅에 바싹 엎드리고,
그저 숨어서 채송화 씨알 같은
까만 눈들만 깜박이고 있다.

비로소 세상은 움직이는 것 하나 없이
텅 비어 있는 듯한데

마침내
텅 빈 세상의 중심을 향해 돌진하고,
그곳에 말뚝처럼 박힌,
금강석보다 더 단단한 적막寂寞조차도
산산조각이 나고 만다.

감히 머리를 들고 있는 것들은
무참히 목이 부러지고 뿌리 채 뽑혀서
순식간에 흔적도 없이 사라져 버린다.

그가 그렇게 휩쓸고 지나가는 자리마다
과거가 없었다는 듯
더 이상 아무것도 보이질 않는다.

국화차를 마시며

펄펄 끓는 물의
숨이 조금 멎으면

한 잔의 물에
들국 두어 송이 띄워 놓고

이렇게 마주 앉아
서로의 눈빛 주고받네.

네 안에 숨어든
햇살 바람의 고삐도 이내 풀어지고

네 안에 잠이 든
하늘과 땅의 전생도 다시 깨어나

너만의 숨결이 일렁이는
산비탈 네 눈빛이 마냥 뜨겁구나.

눈물

몸 안 구석구석에 깃든
인고忍苦의 알갱이들이 쏟아지면서 녹아내려
커다랗게 떨어지는 눈물 한 방울
마침내 얼어붙은 대지를 녹이며
나뭇가지마다 단단한 갑옷을 뚫고
연초록 작은 새싹들을 내어민다.

천둥번개

번쩍하는 순간,
하늘과 땅을 잇는
신비한 탯줄 같기도 하고,
악마의 발부리에서 길게 자라나는
발톱 같기도 한 불꽃이
대지의 자궁 속으로 꽂히며,
찢어지는 부챗살처럼
사방으로 뻗어 나가다가도
이내 사라져 버리곤 한다.

잠시 후,
세상의 큰 귓바퀴 속으로 쏟아졌던
하늘의 북소리가 화석이 되었다가
그대로 되살아나는 양
호랑이의 으르렁거리는 소리 같기도 하고
어둠의 장막 찢어 잦히며
땅을 가르고
지축을 흔들어대는 소리 같기도 하다.

신기하게도,
그 소리와 소리들이
길고 짧게 붙었다 떨어졌다하며 그리는

날카로운 검劍의 동선 밑으로
내내 숨죽였던 만물이
침묵 한 덩이를 밀어 내놓는다.

교묘하게도,
다시 번쩍하는 순간에
없었던 모든 것이
그 침묵 속에서 살아 나오고,
다시 뻔쩍하는 순간에
있던 모든 것이 드러나고만다.

어느 단풍나무 한 그루

나도 어쩔 수 없네.
이 몸조차 주체할 수 없어
그냥 내버려두었네.
세상 천하 가운데에서
저 홀로 다 타버리도록
그냥 내버려두었네.

시방 분신焚身하는
단풍나무 한 그루.

....

돌이켜보면, 지난 1998년 2월부로 격월간 동방문학을 창간하
여 만 8년을 펴냈었는데 그 과정에서 공허함이란 이루 말할 수
없었다. 세상 사람들이 알고 있는 문학적 진실과 실재하는 그
것이 너무나 다름을 절감할 수 있었고, 허상 같은 내 삶이 미워
지기까지 했다. 그리하여 나는 돌연 폐간선언을 하였었고, 여
행이란 미명하에 여러 나라를 떠돌아다녔다. 그 결과『시간의
수레를 타고』라는 심층여행 에세이집을 펴냈고, 예수교 경전
인 '성경'과 이슬람교 경전인 '꾸란'을 읽고 개인적으로 어렸
을 때부터 품어왔던 종교에 대한 의문들을 풀어보는 종교적
에세이집『신은 말하지 않으나 인간이 말할 뿐이다』를 펴내기
위해서 편집 완료해 놓고서 제작을 기다리고 있다. 물론, 그 와
중에 인디아 기행시집인『눈물 모순』을 펴내고, 여러 시인들이
참여한 연꽃 앤솔러지『연꽃과 연꽃 사이』를 펴냈다. 이런 일

련의 몸부림 같은 일들이 내게서 떨어져나가는 데에 약 5년이
란 세월이 걸렸다.

나는 이제, 또 다른 공허함을 이기지 못한 채 다시 동방문학을
펴내겠다고 준비하는 모순적인 꼴[삶]을 잠시 되새기는 과정
에서, 불현듯 중국의 어느 자연공원을 배회하던 중에 내 눈에
들어와 박혔던, 푸른 나무숲속에 유난히 붉은 단풍나무 한 그
루가 떠올랐다. 바로 그놈이나 나를 위로해 주는 것 같다는 생
각이 들었다. 그래서 나는 오늘 아침, 이 짧은 시간에 이 문장
을 지었다.

몽산포 밤바다

올망졸망,
높고 낮은 파도 밀려와

내 발부리 앞으로
어둠 부려 놓고 간다.

그 살가운 어둠 쌓이고 쌓일수록
가녀린 초승달 더욱 가까워지고

나를 꼬옥 뒤에서 껴안던
소나무 숲, 어느새 잠들어

사나운 꿈을 꾸는지
진저릴 친다.

초설初雪

산천을 다 삼켜버릴 듯
그리 거칠게 번지던 불길도 잦아들고
잔불에 바짓가랑이 타들어가듯
이 가을의 끝자락이 막바지 불타고 있네.

그리 가을이 깊어갈수록
더욱 푸르러지는 소나무 위로
오늘 아침 돌연 학鶴의 무리 내려앉았네.

하늘에서는 축복처럼 맑은 햇살 뿌려주고
땅에서는 저들의 수다를 엿듣다가
내 그만 실족失足하고 마네.

치악산 자락에서

이 첩첩산중 마다않고
이 밤중에 험한 산길 달려오는
임의 거친 숨소린가,
옷깃 여미는 바람인가.

행여, 귀 기울여 듣자하니
추적추적 내리는 가을 빗소리라.

내일 아침,
산 넘어 해 돋으면
울긋불긋 심심산천에
붉은 피가 돌겠네.

입동立冬 무렵

하룻밤 사이,
살의殺意 등등했던 산천초목의 그 푸른 잎들조차
윤기 넘치는 호피虎皮 두르는가 싶더니
이리도 많이 저버렸구나.

그래, 하룻밤 사이
바람 끝이 차다.

그 차가운 바람 끝에서
막 일어서려는 네 매서운 눈매
이젠 더 이상 피하고 싶지는 않아.

너와 더불어
숨을 맞추고 발걸음 맞추어서
내 생의 광야廣野를 걸어가고파.

보경사에서

메마른 겨울 산천
그 어디에도 보이지 않건만
지척에서 물 흐르는 소리 낭랑히 들리고

높다란 성벽처럼 가로막은
산봉우리와 봉우리가 울타리 되어 아늑하다만
댓잎들이 간간이 부스럭거리며
어깨를 움츠리는 이곳

물길이 바람길이고
바람길이 물길인 이곳에서
이렇게 한 걸음 물러서서
한 발짝 비켜서서

우람한 소나무 몇 그루와
키 작은 대나무 숲이 어우러져
한 세상을 열었구려.
또 한 세상을 열었구려.

더 이상의 즐거움 없네

새벽 다섯 시
재활용 쓰레기 버리려 나갔다가 만난

아파트 단지 내
가로등 불빛 아래 만개滿開한 벚꽃.

혹여, 다른 세상인 듯
한참을 넋 놓고 바라보는데

이윽고 깊은 하늘 음악에 맞추어
꽃비가 내린다.

이 순간의 한량없는 기쁨과
이 대지의 별천지 같은 장관壯觀을

내 몇 번이나
더 누릴 수 있으리오.

봄 행진곡

여기저기에서
형형색색 수다를 떠느라
소란스럽기 그지없네.

이곳저곳에서
쭈빗쭈빗 여린 창槍을 내어미느라
눈물겹도록 부산하네.

멀리서 가까이에서 들려오는
크고 작은 북소리에 발맞추어
그대여, 진군進軍, 진군하라.

나는

늪에 서서 사막을 그리고
사막에 서서 늪을 꿈꾸었소.

사막에는 사막이 살고
늪에는 늪이 살 뿐이지만

사막은 늪의 한 구석이고
늪은 사막의 한 중심일 뿐임을….

제3부

사하라 사막에 서서

일 년 삼백육십오 일 내내
비 한 방울 내리지 않는
이곳에

서있는 산은 서있는 채로
누워있는 돌은 누운 채로

깨어지며 부서지며
모래알 되어가는
숨 막히는
이곳에

아지랑이 피어오르고
간간이 바람 불어
모래알 날리며
뜨거운 햇살 내려 쌓이네.

수수만 년 전부터
그리 실려 가고
그리 실려 온

바람도 쌓이고
적막도 쌓이고
별빛도 쌓여서

웅장한 성城 가운데
성을 이루고
화려한 궁전 가운데
궁전을 지었네그려.

나는
그 성에 갇혀
깨끗한 모래알로
긴 머릴 감고,

나는
그 궁전에 갇혀
순결한 모래알로
구석구석 알몸을 씻네.

검은 돌은
검은 모래 만들고
붉은 돌은
붉은 모래 만들고

흰 돌은
흰 모래를 만들어내는

이곳 단단한
시간에 갇혀
나는 미라가 되고

이곳 차디찬
적막에 갇혀
그조차 무너지고 부서지며

마침내
진토塵土 되어
가볍게 바람에 쓸려가고
가볍게 별빛에 밀려오네.

돌

- 작은 돌멩이 속에 광활한 사막이 있다.
   그렇듯 광활한 사막은 하나의 작은 돌에 지나지 않는다.

아직도 내 가슴이
두근거리는 것은

수수만년
모래언덕의 불꽃을 빚는

바람의 피가
돌기 때문일까.

아직도 내 눈물이
마르지 않는 것은

수수억년
작은 돌멩이 하나의 눈빛을 빚는

바람의 피가
돌기 때문일까.

설봉

-청정한 햇살 속에 은박지를 구겨놓은 듯한 雪峰들을
 바라보며 나는 오늘도 이 헐벗은 길을 걷는다.

저 눈부신 외로움을
어찌 감당하시려고요?

그저 이쯤에서 바라만 보아도
이 몸이야 다 녹아내릴 것만 같은데

저 눈부신 외로움을
어찌 감당하시려고요?

스톤플라워

어쩌자고 별똥별이 되었는가.
어젯밤, 몸을 던져
순간, 빗금 같은 불꽃으로 밤하늘을 찢더니만
영락없는 오디 모양의 차디찬
돌이 되었구려.
영락없는 토끼풀꽃 모양의 검붉은
돌꽃이 되었구려.

하지만 나는 안다네.
나는 알고 있다네.
네 몸을 뜨겁게 달구던
피가 돌던 시절의 꿈을.
숨이 돌던 시절의 절망을.

어쩌자고 별똥별이 되었는가.
죽을 때 죽을망정 한 시름 잊고서
오늘을 사는 것처럼 살다간 친구여,
이 낯선 사하라 사막에서
나는 너를 가슴속에 묻어두지만
너는 나를 더욱 가슴 뛰게 하네.

비 개인 날에

거짓말 같이
돌연 돌풍이 고층 빌딩 유리창을 흔들고
허공중에 천둥 번개가 내걸린다.

어제는 하루 종일 음산함 속으로
죽순처럼 소나기가 간간이 쏟아졌지만
오늘은 세상이 바뀐 듯
투명한 햇살 가루를 뿌려 놓아
늘 보던 낯 익은 세상조차
한결 가까워져 눈이 부시다.

그 눈부신 세상을 물끄러미 바라보다가
거추장스런 옷을 다 벗어버리고
저 높고 저 푸른 하늘에 한 점 흰 구름처럼
햇살 속으로 드러눕는다.

햇살은 나의 은밀한 곳의 빗장을 풀고,
햇살은 나의 잠자는 세포들을 흔들어 깨우며,
햇살은 나의 나른한 구석구석에 생기를 불어 넣는데,

나는 햇살 속에서 꿈틀거리다가,
나는 햇살 속에서 계곡물처럼 졸졸졸 흐르다가,

나는 햇살 속에서 단풍잎처럼 떠다니다가,
나는 햇살 속에서 나비처럼 날아오르다가,
나는 햇살 속에서 한 점 흰 구름이 된다.

단풍나무 아래서

오늘은 내가 여기 앉아 쉬지만
내일은 다른 이가 앉아 쉬리라.

어느 느티나무 앞에서

자그마치 삼백 년을 넘게 살아온
한 그루 의연한 느티나무 앞에 서서
나는 옷깃을 여미며 삼가 경의를 표하네.

먹고 싶은 것을 먹고
보고 싶은 것을 보고
갖고 싶은 것을 갖기 위해서라면
사방팔방으로 평생을 쏘다녀도
일백 년 살기란 불가능에 가까운데

너는 평생을 이곳에 붙박여 살았어도
고작 햇살과 바람과 물만으로도
봄 여름 가을 겨울 낮과 밤의
삼백 년 영화를 이미 누리었거늘
그 비결이 무엇인고?

불요한 욕심을 부리지 않음인가.
두터운 땅과 깊은 하늘의 축복인가.
삼백 년을 훌쩍 넘긴 느티나무 앞에 서서
나는 옷깃을 여미며 삼가 경의를 표하네.

이장移葬

손 없는 날을 잡아
아버지의 아버지 무덤을 판다.
하얀 실장갑을 낀 인부들의 삽질로
언덕 기슭에서 다 쪼그라든 무덤 하나가 파헤쳐진다.
이를 지켜보면서
'행여나' 하는 내 호기심도 잠시일 뿐
푹 꺼지는 흙을 조심스레 다 퍼 올리고 나니
정작 무덤 속엔 아무것도 없다.
단정한 자세로 누워 계실 것도 같은 그도,
그의 소박함 속에 근엄함이 담긴 단단한 나무관도
거짓말처럼 말끔히 사라졌다.
다만, 밑바닥엔 그가 누웠던 자리임을 말해주듯
눅눅한 흙이 검게 변해 있었다.

누가 말했던가.
'사람이 죽으면 한 줌의 흙으로 돌아간다'고.
하지만 그는 그 한줌의 흙을 넘어서서
완벽하게 녹아 스며든 것 같다.
더러는 땅속으로,
더러는 푸른 하늘 속으로 알게 모르게.

아무것도 남아있지 않은 그의 무덤 속에서
인부는 주인의 눈치를 살피며,
검게 변한 흙을 삽으로 조심스레 떠서
햇살 속으로 펼쳐진 한지韓紙 위로
위아래를 구분하여 내려놓는다.
마치, 죽어 누워있는 시신屍身인 양
할아버지가 녹아든 흙이 올려진 한지를 맞들어
새로이 마련된 무덤 속 석관 안으로
정중히 모신다.

이내, 중얼거리는 듯한
아들의 짤막한 기도소리가 들리고
차가운 석관의 뚜껑도 닫힌다.
그렇게 양지 바른 언덕에
새로운 봉분封墳 하나가 솟는다.

그렇다.
지금 내 눈에 보이는 것들의 끝은
다 저와 같을지니
있다는 것과 없다는 것의 경계가
이 얼마나 깊은가.

풍경

깨끗한 여름 햇살이
정수리에 따갑게 꽂힌다.

새참으로 칼칼한 목을 넘어갔어야 할
막걸리가 든 주전자를 힘겹게 들고 나르는
코흘리개의 종종걸음 고무신코 안에서도
흙먼지와 땀이 범벅되어
발바닥이 자꾸만 미끄러진다.

하늘과 땅 사이 경계 유난히 선명한데
이내 움직이는 것 하나 없고,
푸르른 논밭 군데군데 박혀서 일하던
사람들도 더 이상 보이질 않는다.

초라한 돼지우리 지붕을 뒤덮은
호박잎도 축축 늘어지고,
웃통 벗고 원두막에 앉아있던
노인네는 연신 부채질이다.

그야말로 땅의 열기가 푹푹 찌는
어느 여름 한낮,
어디선가 돌연, 핏대를 세우며 경쟁하듯

한 바탕 쏟아놓는 매미들의 간절한 노래가
무심하게 늘어선 은사시나뭇잎들을
반짝반짝 흔들어 놓는다.

하늘과 땅 사이에 커다랗게 드리워진
내 고향의 적막寂寞은 그렇게
낡은 그림처럼 찢기어 나풀거리지만
이미 코를 고는 사람들은
아랑곳하지 않는다.

나의 헤미티지

깊은 산 속에 다소곳이
숨어 있는 것도 아니고

험하고 험한 길 끝에 위태로이
붙박여 있는 것도 아니건만

평생 떠나지 못하는
나의 암자庵子.

뒤돌아다보면 늘
내 마음 가는 그곳

네가 머무는 곳이 곧
나의 은신처였네.

들끓는 세상 한 가운데로 질주하느라
거친 숨 몰아쉬어도

망망대해 가운데 떠 있는
작은 섬에 지나지 않았고

사람 사람들 속에서
제법 구성지게 노래 불러도

외딴집의
희미한 불빛에 지나지 않았던

나는 너를
평생 떠나지 못하고,

너는 나를
끝내 버리지 못하네.

가시나무

가시나무, 가시나무,
나는 가시나무.

비 한 방울 들지 않는 사막 가운데
홀로 사는 가시나무.

가시나무, 가시나무,
나는 가시나무.

나귀 한 마리 쉬어갈 수 있는
한 조각 그늘조차 들지 않고,

작은 새들조차 지쳐
깃들기도 어려운 가시나무.

가시나무, 가시나무,
나는 가시나무.

마침내 갈증의 불길 속으로
던져지는 가시나무.

가시나무, 가시나무,
나는 가시나무.

뒤돌아보며

살만큼 살았다 하니
한 번쯤 물어나 보세.

온갖 꽃들이 피고 지는
저 뜨거운 중심에
온몸을 던져 보았는가.

성난 물길에 휩쓸릴 일 없고
소용돌이에 휘말릴 일 없는
세상 밖 너럭바위에 앉아 보았는가.

중심을 향해 어정거릴 때에는
너럭바위가 그리웠고

너럭바위에 올라앉아 있노라면
저 아래 세상의 희로애락이 간절해지는

세상의 안도 밖도 아닌
변방의 어정쩡한 촌놈은 아니었는지.

이제 살만큼 살았다 하니
네게 한 번쯤 물어나 보세.

내리막길을 걸으며

영원할 것 같은 저 태양도
일백억 년의 절반을 살고 절반이 남았듯이
나도 일백 년 인생의 절반을 이미 넘기었다네.

그동안 기쁜 날도 없지는 않았지만
뒤돌아보면,
온갖 부끄러움과 서글픔으로 얼룩져 있네.

이제 내 인생의
오후시간으로 접어든 내리막길에서
나는 무엇을 생각해야 하며,
어떻게 발걸음을 떼어야 하는가.

새삼, 유치한 질문을 화두話頭삼아
오후 한 때 오솔길을 홀로 거니네.

아마조니아 서시序詩

그대여, 맨발로 걸어라.
대지의 숨소리를 듣고
심장 뛰는 소리 들으려면
그대여, 맨발로 걸어라.
대지의 온기가
그대 정수리까지 차오르리라.

그대여, 알몸으로 숲에 들라.
숲의 숨소릴 듣고
숲의 속삭임 들으려면
그대여, 알몸으로 숲에 들라.
숲속의 정령이
그대 가슴에 깃들리니

그대여, 맨발로 걸어라.
그대여, 알몸으로 숲에 들라.

숲의 비밀

울창한 숲속엔 비밀이 있네.

햇살도 스미어 들듯 깃들고
바람도 스미어 들듯 깃들고
소나기조차 어둠처럼 깃들어 버리는 것이

울창한 숲속엔 비밀이 있네.

때로는 까만 눈 같은 작은 씨앗으로
때로는 붉은 심장 같은 단단한 열매로
때로는 숨 쉬는 것들의 아름다운 합창으로

깊이깊이 스미어 깃든

바람을 풀어내어 놓고
햇살을 풀어내어 놓고
소나기 풀어내어 놓는 것이

울창한 숲속엔 비밀이 있네.

아마조니아 추억

애처로운 작은 원숭이 한 마리를
젖먹이처럼 가슴에 안고 있는
저 어린 소녀의 눈빛과,

발가벗은 어린 소녀의 가녀린 목을
엄마인 양 꼭 껴안고 있는
애처로운 원숭이의 눈빛에서는

금방이라도
눈물이 흘러내릴 것만 같다.

그것은 아마조니아 밀림 속 까만 보석이거나
태풍을 잠재우고 있는
아마조니아 밀림의 핵이다.

꽃을 바라보며

불현듯 네 앞에 서면
내 성급한 마음도
성난 마음도 다 녹아드는 것이,

불현듯 네 앞에 서면
꽁꽁 숨어있던 내 부끄러움조차
훤히 다 드러나 보이는 것이,

너는 너만의 그 빛깔로서
하나의 깊은 세계이고,

너는 너만의 그 생김새로서
하나의 착한 우주로다.

슬픔의 눈물

나이를 먹으면서
없던 버릇이 생기었다.

내 가슴속에 착한
'슬픔'이란 놈이 둥지를 틀고 산다.

그놈이 눈을 뜰 때마다
내가 슬퍼지곤 하는데

그 때마다 주체할 수 없는
눈물이 흘러 내린다.

무엇이
그리 허전함일까.

무엇을
그리 간구함일까.

하루에도 몇 번씩
나는 슬프고, 나는 눈물이 난다.

이제 그 눈물의 봉우리에서
조심스레 하산下山하고 싶다.

때가 되면

때가 되면
어둠속이 더 가깝고 더 편하리라.

때가 되면
침묵이 더 가깝고 더 편하리라.

때가 되면
이 몸조차 투명하게 보이고,

때가 되면
그 투명한 것의 끝도 보이리라.

제4부

오아시스 추억

먼 옛날,
코끼리 하마 무리지어 살던 이곳이
어이하여 사막이 되었는가?

가도 가도 끝이 없어 보이는
황량한 이곳 모래밭의
작은 창문 같은 숨통인가
욕망의 배설구인가.

풀 한 포기 자랄 수 없는
모래밭 한 가운데에서
희망처럼 축복처럼
뜨거운 물이 펑펑 솟구치네.

사람들은
그 물길 따라 모여 살며
신전神殿을 짓고
대추야자 농사를 짓고
낙타 나귀 기르며
정원 가꾸기에 여념이 없네.

하지만 시작이 있으면
끝이 있게 마련이듯
펑펑 솟구치던 물길도 잦아들고
이제는 강력한 모터로 품어 올리네.

일터에서 여행길에서
뒤늦게 돌아온 사람들은
밤하늘의 별들을 바라보며
노천탕에 모여 목욕하지만

그을리고
주름진 얼굴 속
깊어가는 시름 숨기지 못하네.

....

나는 이집트 서부사막에 있는 오아시스 가운데 한 곳인 '바할
리야' 오아시스에 갔습니다. 카이로에서 직행버스를 타고 약 5
시간 반 정도 걸려서 갔는데, 그곳 마을은 그다지 크지 않았습
니다. 그곳에서 이틀을 잤는데, 하루는 오아시스 주변에 있는
박물관, 무덤, 신전, 염호鹽湖, 낙타농장, 농가, 대추야자 농장,
사막 가운데 피라미드 모양의 산 등을 구경했고, 다른 하루는
종일토록 지프를 타고 수백 킬로미터를 달리며 사막위에 펼쳐
진 기암괴석, 모래밭 계곡, 능선, 별똥별이 떨어졌다는 곳, 크
리스털이 박혀있는 낮은 산 등등을 온몸이 노곤 노곤하도록

돌아보았습니다. 게다가, 환상적인 모래 계곡에서 모래썰매까지 탔습니다. 크나큰 기쁨이었고, 감사해야 할 축복이라고 생각했습니다. 그리고 밤늦게 돌아와 식사를 하고, 마을에서 수 킬로미터 떨어져 있는 노천탕에 갔습니다. 그곳에서 그야말로 밤하늘에 별을 보며 모래투성이가 된 몸을 씻었습니다. 하지만 오아시스 곳곳에 솟구치던 물은 이제 전기 펌프로 품어 올려야만 합니다. 인간이 지상 최대의 소비자이며, 환경파괴의 주 인자因子임에 틀림없습니다. 그 가운데 나 자신도 있음을 압니다. 그래서 나는 일찍이 나의 저서 『신시학파선언』에서 '평생을 사는 동안 한 사람이 불가피하게 자연을 훼손하는 양을 측정하고, 그것을 최소화시킬 필요가 있다'고 역설했었지요. 마음이 아픕니다. 작은 호텔에 머물 때 화장실샤워기에서 나오는 물도 그 모래밭을 흘러내리는 지하수였습니다. 매우 뜨거운 물입니다. 나는 아직 그곳의 아름다움에 대하여, 슬픔에 대하여 말할 준비가 되어 있지 않습니다. 어쩌면, 그냥 묻어두어야 할지도 모르겠습니다. 그것은 나의 능력 문제이기 때문입니다.

대상隊商들의 부로 형성된 두 도시왕국
-시리아의 '팔미라' 와 요르단의 '페트라' 를 둘러보고

바다에는 해적海賊이 있고
산에는 산적山賊이 있듯이
사막에는 듣지도 보지도 못한
사적沙賊이란 게 있네.

너른 바닷길을 항해하는 이들의
재물을 갈취하고
깊은 산길을 걷는 이들의
생명까지도 노리는
그들이 바로 해적이고 산적이듯이
황량한 사막 가운데
쉬어갈 만한 곳에서
비싼 통관세를 물리어 부를 축적하는
무리들이 성장하여
자체적으로 군과 경찰병력을 지휘하고
궁전까지도 지어 스스로 왕이 되니
그들이 내 눈에는
사적沙賊으로 보이네.

도적이여,
내가 너를 도적이라 했다 해서
너무 성급하게 화낼 필요는 없다네.

따지고 보면, 인간사가 다 그렇지 않은가.
네 배가 먼저 부르고
네 권력의 칼날이 번득이어
여유로울 때에나
네가 백성들에게 관용을 베풀었듯이
정치란 그렇게 시작되는 것 아닌가.

솔직히 말해, 네가 살기 위해서
아니, 네가 살아남기 위해서
애쓰고 공들인 것은 천하가 다 안다마는
백성을 위한다는 놈 치고
자신을 먼저 버린 위인은
그리 많지 않은 법을
너도 알고
나도 알고 있지 않은가.

게다가, 갖가지 수완을 부려
네가 정치적으로 좀 크고 쓸 만해지면
너보다 앞서간 이웃의 더 큰 도둑이
어느 날 갑자기 네 목을 치지 않았던가.
이것이 부인할 수 없는
지구촌의 인류사人類史이건만
그래도 안타까운 것은,

그들이 재빨리 옷을 갈아입고
오늘날 같은 평화의 시기에는
'민주화'니 '세계평화'니 '환경보호'니 운운하며
거들먹거리는 꼴이 볼썽사납지 않은가.

내가 보리개떡 먹을 때에
그들은 소고기 양고기 육포를 씹고
내가 쌀밥을 지어 먹을 때에
그들은 달콤한 빵을 만들어 먹고
내가 나무와 흙으로 집을 지을 때에
그들은 돌로써 궁전을 짓고 살지 않았던가.

두 눈을 크게 뜨고 보아라.
그 넓은 남미대륙을
스페인과 포르투갈 종자들이 다 차지하고,
그 광활한 북미대륙을
영국과 프랑스 종자들이 다 차지하고,
오세아니아 주를 또 누가 차지하였으며,
아프리카를 비롯하여
지구촌 대부분의 지역에서
노략질을 일삼던 이들이 누구였던가를.

개나 소나 있는 놈들이란
오만불손하기 짝이 없어
자신의 죽음조차도 치장하려 들듯이
그들은 부끄러운 역사를 반성하지 아니하고
죽어서조차 왕이 되고
신이 되고 싶어서
할 짓과 못할 짓을 구분 못한다면
미라가 되어 있는
땅속의 저들과 다를 게 무엇이랴.

나도 어느덧 반백년 넘게 살다보니
지중해를 한 바퀴를 돌아다볼 기회가 생겼거늘
가서 보고 또 보아도
그들의 오늘보다는 어제가 더 커 보이고
소도小盜와 대도大盜의 칼날들이 부딪히며
모래 위로 피를 뿌리고
무고한 백성들이
잡초처럼 짓밟히며 지르는
비명만이 내 귓가에 쟁쟁하네.

모래더미 속에 묻히고
풀숲에서 나뒹구는
돌기둥 하나하나와

주춧돌 하나하나에도
저들의 뼈아픈 역사가 숨죽이고
저들의 좌절과 희망이
곤두박질치고 있지 않은가.

지구는 지금 몇 시인가?
오전을 지나 오후로 막 접어들었는가.
지금, 분명한 것은
오전보다 오후시간이 훨씬 짧다는 것일세.
그동안 우리의 눈도 많이 밝아지고
수많은 생명의 목마를 태우는
그조차도 이제는 힘 겨워하면서
위에서 아래로 흐르는
물길조차 뒤바뀌고
바람 길조차 바뀌어 버리듯
인간 재화의 흐름도 바뀌면서
열렸던 길들이 닫히고
닫혀있던 길들이 새로이 열리면서
멸망하지 않은 옛 도적은 없어 보이네.

이제 그들의 영화榮華야
다 물에 잠기거나
수풀더미에 나뒹굴며 흙이 되고,

모래더미에 묻히고 묻혀서
한낱, 전설이 되고
화석化石이 되어갈 뿐이네.

우문愚問

우리는,
어디로 가는 것일까?
어디로 질주하는 것일까?
시도 때도 없이,
밤낮을 가리지 않고
어디로, 어디로들,
돌진突進하는 것일까?
매진邁進하는 것일까?
저 휘황한 불빛 속으로 달려드는
한 마리 나방 되어
어디로들 가는 것일까?
어디로들 질주하는 것일까?
어디로들 매진하는 것일까?

우문우답愚問愚答

현대사회를 한 마디로 잘라 말하라 한다면
포스트모던 사회라 말하고 싶다.
다시 그 포스트모던 사회를 한 마디로 잘라 말하라 한다면
대중에 의해서 모든 가치가 매겨지고,
모든 의미가 부여되는 구조적인 덫이라고 말하고 싶다.
다만, 그 대중에게는 시끄러운 오늘만이 있을 뿐
어제와 내일이 없다는 게 문제다.
그래서 늘 뜨겁지만
위험천만하다.

대중

누가 저들의 눈을 가리는가?
누가 저들의 귀를 막는가?

제 눈과 제 귀를 가지고도
남의 것을 빌려 사는 사람들이여.

식탁에 앉아

어쩌다 식탁에 오르는 취나물조차
예전의 그것이 아닌 듯
본래의 향이 나질 않고,
푸릇푸릇한 상추쌈 위로 올리어진 두어 개의
잘 생긴 고추를 된장에 찍어 먹어도
예전의 그것이 아닌 듯
어찌나 질기고 입안에서 겉도는지
꼭 사람 손으로 만든 인공고추만 같다.

그런 줄 알고 먹는 취나물과
그런 줄 알고 먹어야 하는 고추 같은
만물로 가득한 세상을 어찌하랴.
그런 취나물과 그런 고추 같은,
이미 변해버린 너와 나는 또 아닌가.
뒤돌아보고 뒤돌아볼 일이네.

무릇, 사람의 수요가 많으면 많을수록
무릇, 사람의 머리와 손이 닿으면 닿을수록
그것들은 풍성해지고
그 생김새조차 좋아지지만
본래부터 가지고 있던,
보이지 않는 그다움이

알게 모르게 사라져가는 세상이네.

대저, 하나를 얻으면 다른 하나를 잃는 법!
오늘도 식탁에 앉아
입안으로 너를 밀어 넣지만
어찌, 향 없는 너를 탓하고
어찌, 맛깔 없는 너를 탓하랴.
이 모든 게 욕심 많은 나로부터 비롯되고
그것들이 다시 내게로 되돌아오는 것임을.

정鄭씨 일가의 슬픔

일본사람 폭정暴政에 시달리다 못해
정씨 일가一家는 국경을 넘어 하얼빈으로 갔다.

그곳에서 남북전쟁이 일어난다는 흉흉한 소식을 듣고
큰형님은 남으로 가서 해병대 장교가 되었고,
작은 형님은 북으로 가서 인민군 탱크병이 되었다.

나이가 어린 나는 부모님과 함께
정든 하얼빈을 떠나 피난 갔지만
큰 형님은 인천 상륙작전에 참가하였고,
작은 형님은 상륙작전을 저지하는 탱크병으로
인천 땅에 진陳을 치고 있었다.

그로부터 반세기 길고 긴 세월이 흐른 어느 날,
나는 동작동 국립묘지에 안장되어 있는
큰 형님의 묘비를 확인하였고,
혁명열사가 된
작은 형님의 묘비를
옛 간도間島 땅 어느 야산에서 만났다.

탱크의 해치를 열고 나오다가
총에 맞아 죽은

어느 인민군 전사자戰死者의 사진을
빛바랜 책갈피 속에서 들여다볼 때마다
작은 형님을 떠올리는 나는,

칠십 고개를 바라보며
소설을 쓰는 중국인으로서
서울을 그리워하고 있다.

아프리카 수사자를 그리며

태양의 검은 손이 가까이 내려와 있는
아프리카 메마른 대지 위로 씨앗을 뿌리며
오늘의 역사를 쓰는 수사자가 있네.

크기도 하지만 위엄서린 몸집에 어울리지 않게
그가 대명천지 사이로 커다란 하품을 걸어놓곤 해도
출퇴근 지하철에서 병 아닌 병을 시름시름 앓는
이 시대 사내들보다야 낫지.

게으름이 묻어나는 낮잠을 즐기다가도
처자가 임팔라 한 마리를 잡아놓고
숨을 고를라치면
어느새 얌체처럼 나타나 시식하는 수사자!
그래도 감히 너를 탓하고 나무라는 이가 없지.

긴장과 위기감이 서릿발처럼 돋아나는
결정적인 순간에 등장하여
그야말로 보란 듯이,
큼지막한 코끼리나 물소의 숨통을 조르고,
틈을 노려 자신의 씨앗을 짓밟은
영악하기 짝이 없는
하이에나 무리 수장과 신경전을 벌이다가

끝내는 그의 목을 물어 내동댕이치는 것으로써
더 크게 으르렁대며,
더 길게 무성해지는 갈기 갈기에 위엄이 깃들지.

좋은 자리에 올라앉았다고
실컷, 자신의 뱃속이나 채우다가
철창신세로 전락하는 졸장부들보다 낫고,
자존심 체면 다 구겨가며
때 묻은 돈 벌어 처자식 먹여 살려도
도무지 힘 못쓰는
이 시대 황무지를 가로지르는
선량한 애비들보다야 낫지.

아, 서글프구나.
나도 언제 갈기 갈기를 휘날리며
언덕 위에 서서
천지간에 그 매서운 눈빛 한 번
내걸어 놓을까나.

하이에나

-굶주린 현대인과 누리꾼

누가 보아도 볼썽사나운 하이에나
더럽고 비겁하기까지 한 하이에나
그래도 살아야 하고
그래도 하루하루를 잘 살고 있는 하이에나.

아니, 비릿한 피냄새를 좇아
아니, 사체 썩는 냄새를 좇아
코를 킁킁거리며, 어슬렁거리는
아니, 맹수에 목이 물린
불쌍한 것들의 숨넘어가는 비명에
귀를 세우며 사방을 두리번거리는
아니, 날아드는 독수리 무리에 신경을 곤두세우며
갈기갈기 털가죽을 물어뜯고,
살점을 찢어발기고,
내장까지 물고 늘어지며 꽁무니 **빼**는 하이에나.

시방 갓 태어나는 임팔라 새끼를 노려보는 것은
사자나 치타나 표범이 아니다.
두엄자리에서 뒹굴다 나온 녀석처럼
지저분한 몰골에
끙끙거리는 소리까지 간사하기 짝이 없는
더럽고 치사하고 약삭**빠른**

아프리카 초원의 점박이 하이에나.

그 하이에나 같은 내가
인간의 욕망이 질척거리는
천박한 자본주의 사회 뒷골목을 배회한다.
아니, 세상이 다 곤하게 잠들어있어도
밤새도록 진흙탕을 휘젓고 다닌다.
삭막해서 광활한 세상인지
광활해서 삭막한 세상인지 알 수 없다만
세상의 남자들과
세상의 여자들은 그 삭막함 속을
어슬렁거리다가 지쳐
새벽녘에서야 곯아떨어지는 하이에나가 된다.

어디, 굴러들어오는 먹잇감은 없나
어디, 똥오줌 갈겨 놓을 데는 없나
어디, 발기되는 허기를 채워줄 곳은 없나
어디, 내 영역 안에 배신자나 잠입자는 없나
밤낮없이 코를 킁킁거리면서도
맹수의 눈치나 슬슬 살피듯
또 다른 세상 사이버 공간에서
인터넷 사이트나 천태만상의 블로그나 카페를
기웃거리고 넘나들지만

제 딴엔 진지하게 머리를 쓰는
애틋한 절체절명의
삶의 방식을 구사하는 것 아니던가.
더러, 꼬리를 바짝 감아 뒷다리 사이로 감추고
염탐하고, 냄새 맡고,
제법 날카로운 송곳니를 드러낸 채
으르렁대며 싸우고, 빼앗고,
몰려다니는 하이에나.

비록, 이 모든 것이 살아가기 위한,
아니, 살아남기 위한 몸부림이지만
그 자체가 대단하다.
아니, 위대하다.
더러, 눈치 보며, 맹종하며,
살금살금 기기도 하지만
힘센 놈들과는 일정한 거리를 유지하며
틈새를 공략할 줄도 안다.
힘을 합칠 줄도 안다.
이합집산離合集散할 줄도 안다.

오늘날 그 꾀와
그 술수로써 어두운 굴속에서나마
자식 낳아 애지중지 기르며

알콩달콩 살아가는 것이다.

나는 아침마다 컴퓨터를 부팅하면서
간밤에 쫓고 쫓기면서
저들이 남긴 발자국을 추적하며
저들의 주둥이에서 진동하는
피냄새를 맡는다.

아, 쓸쓸한 세상이여,
아, 빈틈없는 세상이여,
나는 하이에나 무리 속으로 걸어 들어가는
또 다른 하이에나,
잠 못 이루는 현대인이다.
먹고 먹어도 늘 허기진 누리꾼이다.
어떻게 하면 상대를 유혹하고 속이면서
돌아서면 보란 듯이 당당하고
점잖게 살아온 것처럼 꾸며대는
내 집과 내 이웃집에 내 아들딸들이다.

서울매미

그래도 살겠다고
그래도 사랑하겠노라고
이른 아침부터 앙칼지게 노래 부르는
너의 진지한 세레나데를 무심결 듣노라니
너나 나나 처지가 다를 게 없구나.

밤낮을 가리지 않고 질주하는
차량들의 굉음이 깔리고,
나무를 켜고 쇠파이프를 자르는
전기 톱날의 날카로운 쇳소리가
간간이 신경을 자극하지만,

이삿짐을 옮기느라 덜컹거리는 소리와
새 아파트를 짓겠다고
바위 쪼개는 굴착기 소리가
미간을 찌푸리게 하지만,

골목길을 누비는 오토바이의 무례한 소음과
사소한 일들로 이웃사람들이 다투는
살기등등한 소리와 소리들이 뒤섞이어
너의 하루가 시작되고
나의 하루가 끝이 난다.

그래도 살겠다고
그래도 사랑하겠노라고
이른 아침부터 밤늦도록
더욱 앙칼지게 노래 불러야하는
너와 나의 진지한 삶의 이 버거움과 가벼움을
여름 한 철 서울매미들이 일깨워주네.

벌목伐木

아름드리나무 한 그루 잘려 넘어질 때마다
절박해지는 원숭이 울음소리 메아리 치고
놀란 새들은 황급히 달아나지만
마땅히 내려앉을 곳도 없네.

아름드리나무 한 그루 잘려 무너질 때마다
숲의 천년 왕조 무너지듯
날개 잃은 나비들조차
사람들의 발길에 짓밟히고 마네.

세상을 지배하고 군림하려는
인간의 저 욕구와 무지조차
햇살처럼 깃들고
바람처럼 깃들어야하는데
그렇듯 숲에 원숭이가 안기고
새와 나비들이 안기듯 안겨야하는데….

오늘도 아름드리나무 한 그루 잘려 넘어지고
내일도 아름드리나무 한 그루 잘려 무너지는
소리와 소리가 귀에 쟁쟁하네.

대자연의 두 얼굴
-일본 대지진으로 인한 쓰나미와 원전폭발 재해 참상을 지켜보며

돌아보라.
우리 인간을 포함하여
크고 작은, 숱한 생명체들을
품에 가득 안고서 살아가는
'지구地球'라는 커다란 생명체의
몸부림인 듯한데

그 앞에서,
너무나 무력하게,
너무나 처참하게,
무너지고,
일그러지고,
휩쓸려 가버리는
아비규환阿鼻叫喚의
이웃사람들을 목도目睹하자니
내 눈물 없이는 차마 못 보아주겠네.

갑자기 들이닥친
검고 거대한 물결에
하찮은 쓰레기 더미처럼 쓸려가는
격렬한 노도怒濤의 파괴 현장에서
살아남기 위해서 몸부림치는 사람들,

삶의 터전과 가족을 몽땅 잃어버린 사람들,
지켜보며 바삭바삭 심장 타들어가는 사람들,
더 큰 재앙을 막기 위해서 자신의 몸을
기꺼이 방사능 속으로 던지는 사람들,
더러, 죽은 줄 알았다가
천신만고千辛萬苦 끝에 재회하는 사람, 사람들이여,

이 캄캄한 터널 속 같은 절망 앞에서
차라리 엉엉 목 놓아 울어라.
애써, 눈물을 감추려고 피하는
네 눈빛을 훔쳐보노라니
더 이상 눈물 없이는 못 보아주겠네.

어쩌면, 아무것도 보지 못하고
아무것도 느끼지 못하게 하는,
나를 에워싸는
커다란, 텅 빈,
세상의 구멍 같은 것을 보았을진대
금세 돌이키어
살아있음만으로
서로 위로하고,
서로 격려하는 사람, 사람들이여,

폐허 위에서
절망 위에서
다시 일어서는
다시 새 움을 틔우는
대자연의 두 얼굴을 보았나니
이제 숨겨둔 눈물을 거두고 일어나소서.
부디, 눈물을 거두고 의연히 일어나소서.

지구가 하나이듯
우리도 하나!
미워도, 좋아도,
우리는 이미 하나!
같은 배를 탄
'인류'라는 운명공동체가 아닌가.

땅이 요동치고
하늘이 갈라져
악마처럼 들이닥치는 바닷물에
일순간 우리의 삶터가
거대한 쓰레기장이 되어버리고,
내 사랑하는 이웃들이 주검이 되어
널브러져 있는 이 경악스러운 곳에
생명의 원천인 사랑,

사랑의 나무를 심어 가꾸세.
우리들의 숨겨둔 눈물로써
사랑의 나무를 무성하게 가꾸세.

그렇잖아도
우리들의 이승은
사랑하며 살기에 너무나 짧은,
아니, 너무나도 부족한 시간 속의
축복 아니던가.

독후감
-나의 글이 어렵다는 이들을 위하여

당신 글은 좀 어려워요.

너무 길고 딱딱한 편이지요?
아니면, 너무 깊이 들어감인가요?

너무 깊이 들어가면 아프잖아요.
상처 받기도 쉽고….

그래도 노력해 보세요.

그 깊이에 빠지면
그 느낌도 아주 색다르거든요.

매사가 그렇듯
우리 사이엔 보다 깊이 들어가려는
진지함이 절실하잖아요?
아니 그러한가요?

눈꽃 같은 문장의 꽃을 피우는 사람들
- '雪華文學' 창간 20돌에 통권 제30호 발행을 축하하며

내리는 눈이라 하여
다 눈꽃을 피우는 게 아니듯

눈 내리는 천지간에 서있어도
꽃을 피우는
네 분주한 손동작을 보지 못하듯

눈 깜작할 사이
오로지 한 빛깔 한 모양새로서
온갖 조화를 다 부려놓는
너의 걸작, 눈꽃 같은

눈꽃 같은
문장의 꽃을 피우고자
아산의 붉고 고운 땅에 뿌리내린
'설화문학雪華文學'이여,

어느덧 창간 20돌에 즈음하여
흐르는 세월을 담고,
세월 속에 묻힌 역사를 담고,
오늘을 사는 이들의 뜻을 담고 희망을 담아
통권 제30호를 소리 소문 없이 세상에 내어 놓으니

영락없는 눈꽃이어라.

이왕이면,
자고 일어나보니 나뭇가지마다 피어나
하나의 왕국을 이룬 그 오묘함이거나

이왕이면,
돌아서보니 천지간에 이미 돋아나
하나의 거대한 정밀靜謐을 이룬

그 신령스러움이었으면 참 좋겠다.
그리하여 세상 사람들을 깜짝 놀라게 하는
문장의 꽃, 꽃이었으면 참 좋겠다.

남풍南風

단 한 줄의 시구詩句가 사람을 바꾸고
세상을 바꿀 수 있다.

따뜻한 가슴을 가진 이로서
자신에게 솔직한 시인이여,

우리의 어제와 오늘, 그리고 내일을
통시적으로 꿰뚫어 볼 수 있는
지성의 눈을 가진 시인이여,

인간과 사회, 자연, 우주를
유기적으로 읽을 수 있는
눈과 귀 척추를 가진 시인이여,

쉼표 하나의 질감을
온몸으로 느끼며 몸서리치는
오감의 문이 활짝 열린 시인이여,

모든 것이 부질없다는 것을 알지만
살아있음을
문장으로써 뜨겁게 그리고
춤추는 시인이여,

그대의 숨결,
그대의 눈빛,
그대의 몸짓,
그대의 말 한 마디 한 마디가
훈훈한 남풍 되어
이 땅위로 생명의 꽃을 피우나니

이제 허리를 곧추세우고,
가슴을 펴고,
귀를 열고,
눈을 뜨라.
그리하여 맨발로
천지를 함께 걸어가자.

故 정치훈 선생께

할 얘기도 다 끝나지 않았는데
돌연, 저세상으로 가다니
야속타.

그러나 어찌하겠는가.
의당, 먼저 가야할 사람은 가야하겠고,
남아 쓸쓸해야 할 사람은 쓸쓸해야지.

그러나 꺼내 놓은 말도 다 끝나기 전에
돌연, 저세상으로 가버리다니
심히 야속타.

제5부

아프리카 초원에서

맞바람을 맞으며
풀숲에 몸을 숨긴 채
살금살금 몇 발자국을 떼어 놓는 표범 한 마리
쏜살같이 뛰쳐나가더니
한눈팔던 원숭이를 덮치고 만다.
홀로 떨어져서 꼼짝없이 당한 원숭이는
목을 물린 채 질질 끌려서
그의 은신처인 커다란 나무 위로 올려진다.
이미 숨이 끊어진 어미 원숭이가
나뭇가지위로 걸쳐지는 순간,
무언가가 툭하니 땅으로 떨어진다.
고개를 갸우뚱거리던 표범이 나무 아래로 내려가
조심스레 살피더니
초롱초롱한 눈망울을 굴리는
젖먹이 새끼 원숭이를 한 입에 물고서
다시 나무 위로 올라온다.
아뿔싸, 새끼 원숭이를 나뭇가지 위로 내려놓고
그가 어정어정 움직일 때마다 나무 아래로 떨어질세라
몇 차례 위치를 바로잡아주며
그 앞에 엎드려 눕는 표범.
어쩌란 말인가?
잡아온 먹잇감을 찢어먹는 일조차 잊은 채

새끼 원숭이가 자기 품으로 기어오기만을 기다린다.
그 뒤, 새끼 원숭이
가족이 있는 숲으로 무사귀환 했는지
끝내 표범의 빈 젖을 빨다가 시들시들 말라 죽었는지
아니면 표범의 입안에서 우두둑 씹히었는지
나는 알지 못한다.

낯선 풍경

달걀보다 큼지막한 알을 낳고도
품지 못하고 화산재 깊숙이 묻어두어
부화시키는 무덤새

용케도 그것들을 찾아내어
내다팔기도 하고
삶아먹기도 하는 사람들

이파리 무성한 나뭇가지 사이에
숨어서

머리를 처박고
궁둥이를 치켜든 채 화산재를 파헤치는
사람의 동태를 살피는 어미새

분화구에서는
오늘도 검은 연기 높이 솟구친다.

공空

눈에 보이는 세상이 전부는 아니겠지요.
그보다 더 크고 그보다 더 깊은
세계를 내 보지 못할 뿐.

봄바람

어둡고 습한 곳에서
청량한 바람이 불어온다.
이 바람을 온몸으로 거스르며 걷노라니
양 겨드랑이에서 날개가 돋는 듯하다.

죽은 친구를 생각하며 조문가다

내 나이 50대 중반을 막 넘기었는데
친구가 대장암으로 죽었다하여
고속버스를 타고 고향으로 조문을 가네.

우리를 낳아 기른 부모 세대도
대개는 7, 80살을 족히 사는데
너무 일찍 간 것 같아
인간적으로 애석하기 짝이 없네.

그러나 사람이 죽고 사는 일은
사람의 힘으로야
어찌할 수 없는 일이라.

이왕 먼저 가려거든
세상만사 무거운 짐 다 내려놓고
훌훌 가시게나.

이 땅에서 살아 숨 쉬는 것들이야
끝내 가지 않는 것이 없거늘
너무 서러워하지 말게나.
너무 애석해 하지도 말게나.
다만, 우리에겐 시차時差가 있을 뿐이라네.

유별난 무더위를 나며

연일 적도지역보다 더 무더운 폭염이 계속된다.
때로는 사람의 체온보다도 높아 숨이 막힐 지경이다.
덥다, 덥다, 해도 이런 살인적인 무더위는
다들 평생에 처음이라며
끌끌 혀를 찬다.

가까운 시일 내로
아니, 하루아침에
이 유별난 무더위가 사그라든다 해도
은근히 걱정이 되는 것이,
이놈의 열기가
언젠가는 지구촌 어딘가로
태풍을 부르고 폭우를 쏟아내야 만이
비로소 풀리는 갈증이라.

더울 때에는 더워서 죽겠다 야단들이고,
추울 때에는 추워서 죽겠다 호들갑을 떠는 것이
우리의 입이고 우리의 버릇이거늘
이 한 덩어리의 지구가 자 · 공전하며 부리는
신묘한 연주에 귀를 기울이고
춤을 추는 것이 또한 우리네 삶이라네.

방문에 매달아 놓은 내 작은 풍경이
잠결에까지 와 울리는 것을 보면
태풍에 밀려오는 여풍餘風을 알리는 것 같다.

고향 가는 길

그래도 가고 싶은 곳이 있고
그래도 가야할 곳이 있다는 게
얼마나 큰 기쁨인가?

그 길이 아무리 지겹고
아무리 험난할지라도
이 얼마나 깊은 유혹인가?

네가 가고
나도 가야하는 이 길은
우리 모두가 돌아가야 하는
고향으로 뻗어 있는
한 길일 뿐.

한 모금의 물
-돌아가신 어머님을 생각하며

누가 뭐라 해도
한 모금의 물을 마시며
'참, 시원하다'고 느끼는 이가
그래도 복 받은 사람입니다.

누가 뭐라 해도
한 모금의 물을 마시며
'참, 맛있다'라고 말하는 이가
그래도 축복 받은 사람입니다.

느끼고 싶어도 느끼지 못하고
말하고 싶어도 말하지 못하는
때가 있고 사람 있으니까요.

제6부

태양太陽

저 불덩이 속에서
검은 까마귀 떼 날아오르고,
저 불덩이 속에서
하얀 백합 무리 다소곳이 피어난다.
저 불덩이 속에서
사람들의 웃음소리 들리고
저 불덩이 속에서
폭풍이 몰아치며
만물의 씨앗이 흩뿌려지고 있다.

태양이시여,
나의 심장을 조금 가볍게 하라.
그것이 마침내
한 덩이 까만 숯이 되고,
그마저 하얀 재가 되어 폴폴 날릴 때까지
불타게 하라.
불타게 하라.
나는 너를 기억하리니
나는 너를 기억하리니.

만리장성萬里長城 · 3

목이 타는 가뭄.
끝내 해갈이 되어도
가뭄이 그리워지는 갈증이다.

만리장성萬里長城 · 2

얼마나 많은 노동력을 착취했으며,
얼마나 많은 인권을 유린하였을까?

인간의 욕망이 욕망을 짓이기면서
쌓아올린 장엄한 무지.

그러나 누구나 자신의 내부에, 변방으로 뻗은
그런 성城을 쌓고들 싶어 하지.

만리장성萬里長城·1

담뱃불을 길게 한 모금 빨고서
턱을 괴고
미간을 찌푸리며
부질없는 생각을 하는 사이
제 손등으로 떨어지고 마는
담뱃재 같은 것.

검은 구름떼가 몰려온다.

밀실 · 1

그곳은 아주 견고하다,
안에서도 밖에서도 깨부수지 못하도록.

그곳은 방음장치까지 잘 되어 있다,
그곳에서 지르는
어떠한 웃음소리도, 비명도
새어나가지 못하게.

사람들은,
바람만 불어도,
누군가가 조금만 흔들어도
세상 속을 제멋대로 떠도는
먼지 같은
혹은 깨어진 유리조각 같은
혹은 바늘 끝 같은
온갖 말들을 붙잡아
그곳에 가두어 놓는다.

매일매일 굶주린 이들에 의해서
포획되는 그것들이 점점 늘어나고 쌓이어
밀실을 가득 메우지만
희한하게도 그 안에서는

가지런히 분류되고
차곡차곡 다져지고
더러는 압사당하여 죽어나가기도 함으로써
저절로 정리정돈이 되어간다.

때로는 그 신비스런 공간속으로
자기 자신이 갇히기도 하고
때로는 타인을 가두기도 한다.
그것은 분명 불상사이고 비극이지만
그 밀폐된 기억창고는
어둡지만 밝은 척하고
밝지만 어둔 척하기도 한다.

밀실 · 2

어느 날 너의 기억창고를
작은 유리병처럼 축소시켜서
손에 들고 한바탕 흔들어보아라.
모든 길들이 헝클어져
세상이 요동치고 뒤죽박죽 된다.
이제 더 이상 아무것도 제자리에 있지 않고
제대로 보이지도 않는다.
그야말로 새로운 세상이며 혼돈 그 자체다.
영민한 사람들은 그 혼돈 속에서
살맛을 느끼며 새로운 길을 떠나가지만
우둔한 사람들은 길 없는 길 위에 서서 방황한다.

그러나 너무나 오랫동안 흔들림이 없이 조용한 그곳은
오히려 숨 막히고 사지가 굳어져 버릴 것만 같다.
그러나 어떤 사람들은 그곳에서
오히려 안온하고 단순함을 즐기면서
행복한 비명을 지른다.

그러나 요동치는 밀실 속에서
새로운 길을 내며 사는 그들은
고통스럽지만 자유롭고
자유로운 만큼 위험을 감수해야 한다.

게다가, 그 요동을 다스리지 못하고
그 외줄을 타지 못한다면
추락하여 좌충우돌하다가
끝내는 그 바늘 끝 같고
그 깨어진 유리조각 같은 반란자들과 함께
뒹굴며 싸워서 살든지 죽든지 해야 한다.

그 밀폐된 기억창고는 그렇게
늘 피바람이 불지만 바깥세상은 여전히 고요하다.
세상은 고요하지만 그곳은
태풍의 눈이 오늘도 도사린다.

어둠에 관하여

아, 깊고도 아늑한 이곳은 어디인가?
모든 시계조차 정지해 있고
광자光子 하나도 머물지 못하는
이곳은 어디인가?
어머니 자궁 속에서처럼
이렇게 웅크리고 있어도
더없이 평안하고
더없이 고요한 이곳에 있노라면
바깥세상의 바람소리 물소리 새소리도,
산비탈이 무너지고 고층빌딩이 일어서는 소리도
신기하게스리 한 소절 화음에 지나지 않는다.
만물의 씨앗이 녹아들어 있는
원형질의 어둠이여, 고향이여,
나는 이미 네게 두 다리를 뻗고 있네.

제7부

보리수 아래서(8/24/251)

보리수 아래서 (8/24/251)

1(5/27)

매일 밤에 차茶를 따라 마시는
나의 찻잔을 만지작거리고 있다.
이 낡고 투박한 찻잔의
이쪽 끝에서 저쪽 끝으로 가로질러 가는데
약 300억 광년光年이 걸리는
우주宇宙라고 하자.

이 우주 안에 있는
모든 에너지와 물질을
묵은 차 버리듯 다 쏟아버린다면
나의 우주는 어떻게 될까?
그야말로, 텅 빈 채로
찻잔만 고스란히 남게 되는 것일까?
아니면, 그 찻잔조차 깨어지고 버려져
모든 것이 영영 사라져버리는 것일까?

혹자或者의 말마따나
깨어지지 않는 질그릇은 없다마는
남아있는 찻잔조차 깨뜨려 버린다 해서
진정 다 버려지는 것일까?

어리석게도, 나는
풍선처럼 자꾸만 커지는 우주가
극에 달했을 때에
나의 찻잔이 어떻게 될 것인가를
상상하고 있다.

100년 살기도 버거운 주제에
100억 년 아니, 그 알 수 없는
멀고 먼 훗날에 이루어질
'시작의 끝'을 굴리고 있는 것이다.

2(1/17)

태초에 아무것도 없었다니
그게 말이나 되는가?
소리도 없고, 모양도 없다?
시간도 없고, 공간조차도 없다?
그저 고요했다?
그래, 그 고요 한 점이 갑자기 폭발했다?
나는 '갑자기'라고 말하지만
물론, 갑자기는 아니겠지.

폭발할 조건이 갖추어졌기에 폭발했겠지.
그럼, 그렇고 말고.
내가 모르면 몰라도
세상에 이유 없는 무덤 없듯이
그냥이라는 것은 없지 않은가.
어쨌든, 최초에 커다란 폭발이 있었다.
이것이 지금 내 앞에 놓인
이 찻잔의 기원이다.
정확히 137억 년 전에 말이다.

3(3/48)

어디로부터 왔는지 알 수 없는
한 점 고요라는,
아니, 에너지가 똘똘 뭉쳐진,
우주의 무게를 지닌
야구공 아니면 탁구공만한 구슬이라 하자.
그 고밀도의 구슬이 숨을 죽인 채
치솟는 고온 고압을 견디지 못하고
'펑' 아니면 '옴' 하고 폭발해 버렸다.
그로부터 시계의 초침은 돌기 시작했는데,
불과 세 바퀴를 돌기 전에
폭발 에너지로부터 만들어진
물질과 반물질이 상쇄相殺되고서 남은

작고 가벼운 입자粒子들이
만물의 씨앗처럼 사방으로 흩어지며
서로 결합하여
양성자와 중성자를 만들어내고
그것들이 다시 결합하여
원자原子의 핵을 만들어냈다니
그야말로 믿거나 말거나이고
알아도 그만,
몰라도 상관없는 일이다만
이때까지도 나의 찻잔 속은
희뿌연 안개 속이었다.

그로부터 30만년이란 세월이 흘러서야
그 핵이 전자를 붙잡아 둠으로써
비로소 원자가 만들어지면서
빛이 물질로부터 분리되어
우주가 맑게 개였다는 놀라운 사실!
물질 속에 갇혀 있던
빛의 해방이라고나 할까.
어둠 속에 묶여 있던
빛의 손발, 빛의 고삐가 풀렸다고나 할까….
어쨌든, 그렇다.
상상할 수 없는 속도로 팽창하는
나의 찻잔 속에서는
이내 수소와 헬륨이 뒤섞여

곳곳에서 크고 작은 소용돌이를 치는데
그 소용돌이 속에서 별들이 만들어지고
그것들이 모여 은하가 형성되기까지
10억년이란 세월이 걸렸다는데
여전히 세월은 흐르고
우주는 팽창 중이다.

그리하여 천억 개의 별들이
우리 은하銀河 하나를 이루고
그 별들의 수만큼 크고 작은 은하가
나의 찻잔 안에 갇혀 있다니
이 찻잔은 무엇이고,
차를 마시는 나는 또 무엇인가?

4(3/33)

수소와 헬륨 순도 99%를 자랑하는
나의 찻잔 속에는
오늘도 헤아릴 수 없는 별들이 떴다.
아슴아슴 멀리 보이는 것도 있고
아주 가까이에서 반짝이는 것도 있다.
푸른빛을 내는 것도 있고
노란 빛을 내는 것도 있고
보일 듯 말 듯한 별들도 있다.

저 크고 작은 별들의 심중에서는
수소가 불타고 헬륨이 불타며
우주에 없는 새로운 원소들을 만들어내고
그 원소들이 만물을 이루는
씨앗이 되었다니
별 하나가 죽고 사는 일이 바로
내가 숨 쉬는 것과 무관하지 않으니
이 얼마나 깊은 관계이며
이 얼마나 경이로운 세계인가.

우리의 태양을 보시라.
우주 가운데에서야 그저 중간 크기의
흔하고 흔한 별이라지만
그보다 몇 배나 큰 별들에서는
철이란 무거운 원소까지도 만들어내고
그 철이 불타기 시작하면
에너지를 흡수하여
끝내는 견디지 못하고 자폭自爆하듯
장렬히 산화하면서
철보다 더 무거운 원소들을 만들어 내어
우주 속으로 방사放射시킨다는데

하, 작은 별이 있기에 큰 별이 있고
큰 별이 있기에 만물을 구성하는
다양한 원소들이 만들어진다니

세상의 것들은 다 존재 이유가 있고,
그럼으로써 버릴 것이 하나도 없네.

5(2/24)

시작부터 '우연'이었는지,
'계산에 따른 운명'인지 모르겠으나
어찌하여 물질과 반물질이
균형이 아닌 '불균형'적으로 만들어져
물질만이 남게 됐으며,
어찌하여 사방으로 팽창하는 그것의 분포가
일정치 않고 '불균일'하여
크고 작은 소용돌이를 일으키는가.
우주 진화의 원동력인
이 불균형과 불균일에 대해 생각할수록
오늘의 우주가 우연의 산물처럼 보이지만
그 우연조차 계산된 것으로서
필연이었다면 어찌할 것인가?

나의 이 거대한 찻잔 속에서 일어나는
물질의 소용돌이와
그 속에서 생사를 거듭하는
크고 작은 별들과
그 별들 속에서 살아가는 생명들의

파란만장한 일대기를 들여다보면 볼수록
경이롭고, 신비스럽지만
이 모든 것을 존재하게 하는
나의 찻잔이 바로,
우주를 그리는 신神의 작업실이라면
또 어찌할 것인가?

6(5/43)

큰 폭발은 에너지를 물질로 바꾸고
물질은 중력이 작용하여
소용돌이를 일으키고
그것은 크고 작은 덩어리를 만들고
그 덩어리들이 살아있는 별을 만들고
그 별들이 묶이어 은하를 만들고
그 은하들이 묶이어
하나의 우주를 이룸으로써
우리는 실로 멀리 떨어져 무관한 것 같지만
하나로서 엮이어 있는 것이다.
그리하여 나는 우주로서 부분이지만,
우주는 전체로서 나일뿐이다.
그럼으로써 너와 나는 분명 하나이고,
같을 길을 함께 가는 과정일 뿐이다.

찻잔 안의 물질 중력 온도라는
삼중주 화음 속에서 '구조'가 탄생하고
그 구조 속에서 '기능'이 나오고
그 기능 가운데 꽃이 생명현상이며
그 기능 정지가 곧 죽음일진대
온갖 것들의 생사生死가 펼쳐지는
이 찻잔 안의 신비여,
이 신비의 거룩함이여,
너의 중심은 가늠할 수 없을 만큼
무겁고도 뜨거우리라.

별의 중심,
은하의 중심,
우주의 중심으로
빨려 들어가는 길과
다시 나오는 길에서
숱한 별들이 사라지고
숱한 은하가 사라지듯이
그 사라짐 속에서
더러, 새로운 별들이 태어나고
새로운 은하가 태어난다.

그렇듯, 내가 사는 땅에서도
온갖 꽃들이 피고 지며
어제의 내가 사라져서

오늘의 내가 있고,
오늘의 내가 사라져야
내일의 내가 있으리라.

그렇듯, 오늘은 내가
이 보리수 아래에 앉아 쉬지만
내일은 또 다른 이가 앉아 쉬리라.

7(3/37)

지상의 수많은 꽃들과
밤하늘의 별들을
한 몸에 품어 안고서
정녕, 나의 우주는 어디로 가는 것일까.
혹자의 계산처럼
계속해서 팽창할 것인가?
아니면, 팽창하다 말 것인가?
그리하여, 어느 시점에서
오히려 쪼그라들 것인가?
아니면 커질 대로 커져서
금이 가고, 깨어지고,
깨어진 조각들이 가루가 되고,
그 가루조차 온전히 다 사라져 버릴 것인가?
그리하여 텅 빈 암흑천지가 될 것인가?

아니, 팽창하든 수축하든
그것들이 극에 달하면
마침내 빅립Big Rip이든 빅뱅이든
과연, 시작이 있기 전의 상태,
한 점 고요를 담고 있는 구슬로,
그 구슬의 고향으로 되돌아가는 것일까?

어쩌면, 크고 작은 별들이 태어나
살만큼 살다가 죽을 때에는,
다시 말해, 자신의 몸을 다 불태우고 나면
폭발과 함께 가볍고 무거운 원소들을
우주 속으로 방사放射시키고
자신은 아주 작고, 아주 무거운
고밀도의 쇳덩이로 남듯이

그 수없는 별들을 한 몸에 안고 있는
우주라는 큰 별이
마침내 그 수명을 다하면
길길이 찢어져
빅뱅 직전의 에너지,
한 점 고요라는
신비의 구슬이 되는 것일까.
그리하여 오늘의 우주를 낳은 모태母胎인
절대적인 무無로 돌아가
새로운 시작을 준비하는 것일까?

8(2/22)

오늘도 한 잔의 차를 마신다.
천년만년을 살듯 하루하루를 살면서
꽃 피고 새움 돋는 봄이 가는 줄도 모른 채
사방팔방으로 쏘다니며
평생을 탕진하건만
한 곳에 붙박여 사는
이 나무 한 그루만 못하나니
멀리 보고
크게 생각해야겠네.

그래, 자그만 풀꽃들이
오늘 아침햇살과 실바람에 기대어 짓는
미소가 유난히 반짝거리듯이
나 또한 하늘과 땅에 기대어
오늘을 호흡하나니
나에게 즐거움을 주는
찻잔속의 우주여,
우주속의 찻잔이여,
나는 네 품안에서 떠도는 여행자로서
한낱 지나가는 바람 같은 존재일 뿐이다.
혹자의 말마따나
문틈으로 비껴드는 햇살에 비치는
작은 먼지로다. 먼지로다.

그 자체로서 우주로다.
텅 빈 우주로다.

제8부

가을소리에 부쳐 / **醉翁** 作, 이시환 譯
굴원 선생께 삼가 조의를 표하며 / **賈誼** 作, 이시환 譯

가을소리에 부쳐

醉翁　作
이시환　譯

내 밤에 책을 읽는데
서남쪽에서 들려오는 소리 있어,
놀라 나도 모르게 중얼거리기를
'이상하도다.'

처음에는 하나 둘 물방울 떨어지는 소리 같더니
풀잎 흔드는 바람소리 되고,
갑자기 치솟아 물살에 돌 구르는 소리 되더라.
마치, 비바람이 몰아쳐서 나를 놀라게 하는
밤의 파도소리만 같다.
그 파도가 물체에 닿으니
쇠붙이란 쇠붙이가 쨍그랑 쨍그랑 쇳소리를 낸다.
분명, 호령소리는 들리지 않지만
재갈물린 말을 탄 사람들이
적병을 향해 질주하는 소리 같기도 하다.

내 아이에게
'이것이 대체 무슨 소리냐? 네가 나가서 보거라.' 이르매,
'달과 별이 밝게 빛나고,
하늘에는 은하가 떠있고,
사방 어디에도 사람소리 들리지 않는데,

다만, 나뭇가지 사이사이에서 소리가 난다.'고
동자가 아뢰네.

그래, 이것이 바로 가을의 소리야!
아, 슬프고 슬프도다. 너는 어찌하여 왔는가.
무릇, 가을이 짓는 형상이란 그 빛깔이 애처롭고,
연기는 피어오르지만 구름은 이내 사라져버리고,
하늘은 높고 해는 맑아 그 자태가 청명하기 그지없네.
그 기운은 차가워서
사람의 살과 뼈를 쑤시는 것만 같고,
그 마음은 쓸쓸하여 산천이 다 적요하네.
그러므로 가을의 소리는
늘 처량하고 쓸쓸하기가 이루 말할 수 없어라.

한 때 초록의 풀들이 무성함을 다투고,
좋은 나무와 파, 개여뀌가 즐거워할 만하다만
가을바람의 찬 기운을 당하여선
풀은 떨고 시들어서 그 빛깔이 변하고,
나무들은 이파리를 하나 둘 떨어뜨리네.
그렇듯 초목의 기氣가 꺾이고 빠지는 것도
다 가을기운의 매서움 때문이리라.

대저, 가을은 '刑官'이고,

시절로 치면 '陰氣'이자 '兵像'이라.
오행으로 치면 '金'이어서 천지의 의로운 기운이므로
항상 '肅殺'로써 그 마음의 근본을 삼는다 했으니
만물은 봄에 나고 가을에 열매를 맺는 고로
그 이치는 음악 속에도 있다.
'商聲'은 서쪽 音의 주인이고,
'夷則'은 7월의 리듬이기에, 상성은 만물에 상처를 준다.
살아있는 것들은 이미 늙어 슬프지만
결국은 다 죽게 마련.
만물의 무성함이 지나면
죽는 것이야 당연지사 아니겠는가.

아, 초목은 무정한데도 때때로 비바람에 떨어지고,
사람은 생각하는, 만물의 영장이지만
백 가지 근심으로 마음을 물들이고,
만사가 몸을 수고롭게 하기에
그 가운데에 살다보면
마음이야 늘 흔들리기 마련인 것을.
하물며, 힘이 미치지 못하는 일을 생각하고,
지혜로써 해결할 수 없는 일을 걱정함에랴.

짙은 단풍도 마른 나무가 되고,
반질거리는 검은 것도 희끗희끗해지는 것은 당연하네.

금석처럼 단단한 것도 아닌데
초목으로서 오래오래 살고자 함은 부질없어라.
생각건대, 그 누가 저들의 몸을 상하게 하는가.

역시 가을소리, 가을기운인 걸
이를 한탄한들 무슨 소용 있으랴.
동자는 대꾸도 안하고
머리를 드리운 채 잠을 자는데,
다만, 사방에서 벌레소리만 찌르르 찌르르
나의 탄식을 부추기는 것만 같구려.

굴원 선생께 삼가 조의를 표하며

賈誼　作
이시환　譯

성은이 망극하게도 내가 죄를 입어
장사長沙 땅으로 유배를 가는데
'굴원 선생 스스로, 이 강물에 투신하였다' 는
소식을 어렴풋이나마 들었소이다.
이에 내 추모사를 지어
흐르는 강물에 띄워 보냄으로써
삼가 선생께 조의를 표하나이다.

아아, 슬프구나.
상서롭지 못한 때를 만나 봉황은 엎드려 숨는데
소리개와 부엉이 따위가 날개를 활짝 펴나는구나.
그렇듯 보잘 것 없는 자들이 지위가 높아져
헐뜯고 참소할 기회를 잡으니
진실 되고 의로운 신하가 되레 질질 끌려 다니는데,
하루아침에 주객이 전도되기를
이순신은 졸장이 되고 원균이 명장이 되는데,
포은이나 황희 정승 같은 이들은 더럽고,
백성들을 가렴주구苛斂誅求케 했던
도적 같은 세도가들을 오히려 청렴하다 하니,
이는 명검을 무디다 하고,
무딘 칼을 날카롭다 우기는

터무니없는 억지와 다를 바 없구나.

참으로 답답하구려.
이것이 선생이 스스로 죽음을 택할 수밖에 없었던 연유라.
진짜 보물은 버리면서 큰 호리병을 보배로 여기고,
고삐 맨 소로 임금의 마차를 끌게 하면서
절름발이 노새를 곁마로 쓰니,
이는 천리마가 머리를 드리우고 소금수레나 끌고,
갓을 벗어 신발로 신으니
멀리 가지 못하는 것과 같구려.
아뿔싸, 선생 홀로 이 덫에 걸려들었구려.

다시 말한들 뭣하랴.
나라 안에서는 나를 알아주는 이 하나 없는데
외로운 나는 이 울분을 그 누구에게 말하랴.
봉황은 유유히 높은 곳으로 날아가 버리듯이
선생도 자신의 몸을 이끌고 먼 곳으로 가버렸나.
그렇다, 깊은 연못의 신령스런 용은
스스로 진중하여 더 깊은 곳으로 잠기었는데
숨어서 먹이를 쫓는 도롱뇽이나 수달같이
어찌 거머리나 지렁이 새우 따위를 쫓겠는가.
우리가 귀하게 여길 바는 성현의 신덕神德인지라
탁한 세상을 멀리하여 스스로 숨어 지내는 것뿐이리라.

기린도 재갈을 물리고 매어 놓는다면
개나 양과 조금도 다를 바 없으리니
오히려 어지러운 곳에 머물러
그 덫에 걸린 것이야말로
우리의 죄이자 화근이 되었구려.

세계를 두루 돌아다니며 임금을 섬길 일이지
무슨 연유로 이 나라만을 마음에 두었는가.
봉황은 날개를 펴 천리를 난다지만
어진 덕이 비취면 내려앉고,
박덕薄德의 위험스런 조짐 보이면
더 멀리 날아가 버리지 않던가.
저 더럽고 작은 못이
어찌 배를 삼킬 정도의
이 대어大魚를 품을 수야 있겠는가.
너른 바다를 누비는 상어나 고래가
땅강아지나 개미 따위에 꼭 굽실거려야 하겠는가.

시, 그 견자의 길

- 이시환 시집 『몽산포 밤바다』에 부쳐

서 승 석

(시인, 불문학박사)

여행이 그러하듯 시를 쓰는 작업도 결국은, 단지 행선지가 목표가 아니라, 진정한 자아를 찾아나서는 쓸쓸한 행위이다. 이시환 시인은 제12시집 『몽산포 밤바다』에서 자신을 탐색하기 위해 길을 떠나는 방랑자의 긴 여정을 진솔하게 보여주고 있다. 그의 시에서는 상처 난 들짐승의 포효소리가 간간이 메아리친다. 지성과 야성을 겸비한 시인으로서, 격월간지 『동방문학』을 발행하며 문단의 리더로 활약하고 있는 그의 내면에 은닉한 그 아픔의 진원은 과연 무엇일까?

이시환 시세계의 가장 큰 특질 중의 하나는 종교적 성찰이다. 그가 순례자처럼 사막을, 혹은 유적지를 떠돌며 펼쳐 나아가는 시적 사유는 어느 성직자의 그것 못지않게 진지하고 깊이 있는 인간에 대한 고찰과, 그 인간의 한계를 초월하려는 의지로 가득 차 있다. 그 내공의 결과로, 그는 감히 인류의 역작인 '만리장성'

을 "끝내 해갈이 되어도/가뭄이 그리워지는 갈증", "인간의 욕망이 욕망을 짓이기면서 쌓아올린/장엄한 무지", 또는 "제 손등으로 떨어지고 마는/담뱃재 같은 것"이라 표현할 수 있는 것이다. 이시환 시가 참신하게 느껴지는 것은 이처럼 신선한 각도로 세상을 응시하기 때문이리라. 그의 종교적 호기심은 끝이 없어 오늘도 그는 잠결에도 성경을 넘기며 새로운 해석을 시도하기도 하고, 불교와 이슬람교 비교연구에 심취하기도 한다. 휘황한 불빛 속으로 뛰어드는 부나방 같은 우리는 "어디로 가는 것일까?"라는 '우문'을 되뇌며 우주천체에 시선을 돌리기도 한다. 시 「더위나기」에서 그는 텅 빈 공간에서 구도자적인 자세로 고요의 성을 쌓으며 우주만물과 교감을 나눈다 :

그렇게 고요의 성成 안에 머물러 있게 되면 가끔씩 비단결 같이 부드러운 바람이 소리 없이 내 알몸을 휘감았다가는 슬그머니 풀어 놓기도 한다. 그렇게 바람의 꼬리가 내 성을 빠져 나갈 때마다 내 마음 속 한 구석에 높이 매달아 놓은, 작은 풍경風磬이 흔들리면서 내는 낭랑한 소리가 바람에 벚꽃 날리는 듯하다.

나는 그 풍경소리가 꽃잎처럼 쌓였다가 쓸리는 곳으로 천천히 발걸음을 옮겨 놓으면서 높고 푸른 하늘을 올려다보며 미소를 짓는다. 아니, 낮 기온이 섭씨 47도가 아닌 470도나 되도록 태양열이 작열하는 저 금성의 지옥 같은 황량한 지표 면을 홀로 걸어가고 있다고 상상하니 말이다.

시적 상상력이 가장 아름답게 전개되는 장면이다. 보들레르에 의하면 시인이란 "형체를 보면서 동시에 그 안에 숨겨진 소리를 듣는 자이고, 풍겨오는 향기 속에서 형체를 보는 자이고, 힘 안들이고도 꽃들과 말 없는 사물들의 언어를 깨닫는 자"라고 한다. 1년 내내 머리맡에 마른 야생꽃차 100가지를 두고 자며 "내가 백두산 기슭 꽃밭 어귀에 쪼그리고 앉아있는 듯" 착각 을 하는 시 「선물」이나, "너만의 숨결이 일렁이는/산 비탈"에 핀 국화의 뜨거운 눈빛과 그 안에 숨어든 햇 살과 바람을 풀어내는 「국화차를 마시며」에서도 이시 환은 탁월한 감각으로 야생화나 국화차의 향기에 취 해 자연과 보들레르식의 상응을 경험하게 된다.

이시환 시세계의 또 다른 특질 중의 하나는 페르조 나(Persona)의 문제이다. 칼 융(Carl Jung)에 의하면 페르조나는 인간이 사회적 인습이나 전통의 요구와 그 자신의 내적 원형(Archetype)의 요구에 부응해서 채택하는 가면을 의미한다. 분석심리학에서 외적인격 이라고도 불리는 페르조나는 진정한 내가 아닌 남에게 보이는 나를 뜻한다. 이는 사회가 인간에게 부여하는 역할이나 배역인 셈인데, 지나치게 페르조나가 강조된 삶은 갈등을 유발하기도 한다. 칼 융의 심리구조 모델에서 페르조나는 자아와 외부 세계를 연결해주는 중재자이며, 아니마(Anima)와 아니무스(Animus)는 자아와 내부 세계 사이를 연결해주는 중재 기능을 수행한다. 그런데 이시환은 「하이에나」에서 자신을 비롯한 피 냄새와 사체 썩는 냄새를 좇아 어슬렁거리는 하이에나와 동일시하고 있다 : "그 하이에나 같은 내가/인간의 욕망이 질척거리는/천박한 자본주의 사회 뒷골목을 배회한다." 문학적 진실과 현존하는 진실이 그토록 다른 것을 절감하듯, 이 시에서 우리는 그동안 짐짓 고상하게 탈을 쓰고 성인군자처럼 행세하는 자신과, 자신의 진면목은 솔직히 다름을 고백하고 있는 시인의 모습을 유추해 볼 수 있다. 그 위선의 버거움이란…! 좋은 시란 고유성과 역사성을 동시에 담고 있어야하는 것이라 한다면, "먹고 먹어도 늘 허기진 누리꾼"인 잠 못 이루는 현대인을 다룬 이 시는 우리시대의 풍속도를 대변한 훌륭한 시라 해도 과언이 아니다.

한편, 시 「가시나무」에서 시인은 스스로를 "나는 가시나무"라고 선언한다. 아무도 그 그늘에서 쉬어갈 수도, 새들조차 깃들 수도 없는 사막의 가시나무. 작가가 어떤 정신적 외상을 입었기에 시의 바닥에 이런 자학적인 신음소리가 깔려 있는 것일까? 한 때는 "삶을 바꾸고 세상을 개혁하자"던 초현실주의자들의 야망처럼 "단 한 줄의 시구가 사람을 바꾸고/세상을 바꿀 수 있다"고 믿으며, "쉼표 하나의 질감을/온몸으로 느끼며 몸서리"(「남풍南風」) 치던 시인은 이제 「自序」에서 그토록 눈부시던 시가 왜 그리 아름다웠는지 모르겠노라고 실토를 한다. 그래서 그는 「뒤돌아보며」에서처럼 "저 뜨거운 중심에/온몸을 던져 보았는가." 또는 "세상의 안도 밖도 아닌/변방의 어정쩡한 촌놈은 아니었는지." 자문해보는 것이다.

청소년기의 긴 방황을 후회하며 이시환은, 조용히 책이나 즐겨 읽던 내성적 문학 소년이 법관이나 세상을 호령하며 사는 훌륭한 지도자가 되기를 바라셨던 부친의 아들에게 품었던 지나친 기대를 회고하곤 한다. 어쩌면 그것이 결정적으로 시인의 자아 정체성의 문제와 그의 시에서 방어기제로 나타나는 여러 현상을 유발했을 수도 있다고 본다. 그리스어의 어원으로 '상처'를 의미하는 '트라우마(Trauma)'가 은밀한 곳에 총알처럼 깊이 박혀있는 것이리라. 하여 꿈과 현실, 실상과 허상 사이의 괴리는 언제나 시인을 잠 못 이루게 한다. 「불면不眠」에서처럼 시인은 늘 깨어있는 각성의 시간들을 즐기며, 시세계 전반에 걸쳐 소승불교의 자세를 넘어 대승불교의 자세로 깨달음을 얻어 세상을 구원해보려는 노력을 보여주고 있다.

그런데 「서울매미」에서와 같이 "그래도 살겠노라고/그래도 사랑하겠노라고/이른 아침부터 앙칼지게 노래 부르는" 도시매미와, 시 「풍경」 속의 한여름 고향의 적막을 낡은 그림처럼 찢어 나풀거리게 하고 "은사시나뭇잎들을/반짝반짝 흔들어 놓는" 시골매미의 대조는 흥미롭다. 이 매미의 상반된 두 얼굴이 바로 고향을 떠나온 시인이 가끔 노출시키는 '슬픔' 의 근원은 아닐까? 지금까지 우리는 모순적인 삶에 순응해보려는, 혹은 저항해보려는 부질없는 시도를 끝없이 반복하며, 폭넓은 주제로, 다양한 소재 하나하나에 세심한 배려를 아끼지 않으며, 비교적 건강한 시를 쓰는 이시환의 페르조나 이면의 공허를 잠시 들여다보았다.

단지 3년간의 시작활동으로 프랑스문학사에 획기적인 기적을 불러일으켰던 혁명적 시인 랭보는 악동이요 천재였다. 인류에게 불을 훔쳐다준 프로메테우스에 비유되며 초현실주의의 선각자로도 추앙되었다. 그는 세인들에게 끊임없이 놀람과 경악을 선사하며, 스스로 시인의 최고 경지인 견자(見者, Le Voyant, 보는 자)가 되어 미지의 세계와 진정한 삶, 절대적인 것을 찾으려는 피나는 노력을 하였다. 심지어 시인을

'저주받은 위대한 사람'이라고까지 표현하며, 고통스럽게 자기 자신의 육체와 정신을 파괴하면서까지 현실과 환상이 겹치는 새로운 세계, 우주와 절대세계를 탐색하였다. 그는 이를 실현하기 위해 '언어의 연금술'을 시도하는데, 이는 '향기, 소리, 빛깔 등 모든 것을 요약하는' 감각적 시어를 창조하는 일이었다.

비옥한 영혼을 연마하며 신비의 영역을 보고 새로운 세계를 구축하려는, '시, 그 견자의 길'을 구도자의 자세로 묵묵히 가고 있는 이시환 시인이 이제 슬픔을 내려놓고, 바람 든 무 속 같은 머릿속을 비우고, 시 안에서 밖을 제대로 바라보길 기원한다. 그래야 어느 날 그의 소원대로, 삶과 죽음이 교차하는 갠지즈강의 모래알같이 수많은 사람들 중에서, 그가 특별한 모래로 반짝일 수 있지 않겠는가. 누군가의 가슴에 감동의 파문으로 번질 멋진 시를 쓰며….

서승석
이화여자대학교 문리대에서 수학 및 불어불문학 전공. 프랑스 파리 IV-솔본느 대학 비교문학 석사과정과 동 대학 불문학 누보 박사학위 받음. 덕성여대, 수원대학교, 서울대학교 겸임 및 외래교수를 역임. 국제 프랑스대학 박사협회 이사, 프랑스·아시아 친선협회 한국대표, 한불협회 사무총장·이사, 불어불문학회 회원, 프랑스문화예술학회 회원, 한국시인협회 회원·교류위원, 국제펜클럽 회원. 기타, 프랑스 미술월간지 「유니베르 데 자르(Univers des Arts)」 미술평론 자유기고가이며, 프랑스 화가 장-마리 자끼(Jean-Marie ZACCHI) 한국 메니저이며, 프랑스 컨설팅회사 세릭 꼬레 컨설턴트임.
저서로는, 「이상과 동시대 프랑스 시인들」(불문, 석사학위논문, 1986), 「뽈 엘뤼아르 작품에 나타난 동일화」(불문, 박사학위논문, 1993) 등이 있으며, 시집으로 「자작나무」(한글, 동학사, 1995), 「흔들림에 대하여」(한불대역, 동학사, 1997), 「사람 사랑」(한불대역,동학사, 1998), 「그대 부재의 현기증」(한불대역, 동학사, 2009) 등이 있으며, 번역서로서 「피카소 시집」(파블로 피카소, 서울, 문학세계사, 2009)이 있음.

'텅 빈 것'과 '없음'을 노래하기

심 종 숙
(시인, 문학박사)

1

카카오톡으로 저 지구 반대편에 사는 사람들과도 무
제한 대화가 가능하여 인간관계의 소통이 더 폭넓어
졌음에도 관계의 불화로 고통을 겪는 많은 사람들이
있다.

자본이 금융에 먹히고, 가져도 가져도 새로운 것을
욕망케 하는 후기 산업사회의 황폐한 물신주의는 인
간으로 하여금 욕망의 기계가 되기를 강요하며, 거기
에는 차이를 존중하지 않고 획일화를 따르게 하는 무
서운 폭력이 숨어 있다. '풍요 속의 빈곤'이 이러한
후기 산업사회의 병적 징후를 나타내는 말로 오래 전
부터 있어왔고, 이 말은 여전히 유효하다.

모든 것이 넘쳐나서 소중한 것이 없어져 가는 이 시
대에 '텅 빈 것'과 '없음'을 노래하려는 시인이 있다.
바로 이시환 시인이다.

그는 자신의 신작 18편의 시들을 통하여 텅 빈 '지금 여기'를 진단하면서 그 대안으로 '없음'을 묵상한다. 이시환은 없음을 노래함으로써 없음마저도 있는 풍요로운 우리의 삶이 되기를 바란다. 생명이 파괴되고 인간의 영혼이 메말라 가고 인간관계가 삭막한 '지금 여기'에 없음마저도 있게 함으로써 생명력 넘치는 삶이 되게 그는 '없음'과 '텅 빈 것'을 노래하고자 한다.

2

텅 빈 공간에 홀로 앉아 있으면 역설적으로 몸과 마음이 홀가분해지면서 편안해진다. 또한, 평생을 지지고 볶으며 열심히 살았어도 때가 되면 다 죽게 되어 그 몸도 그 마음도 모조리 사라지고 만다. 남는 것이 있다면, 우주 속으로 방사되어 다른 물질의 원료가 되는 몇 가지 원소일 뿐이다. 따라서 보란 듯이 살고, 남부럽게 많이 가졌어도 그 끝은 허무하기 짝이 없게 마련이다.

시인은 인간 존재의 종국이 죽음으로 귀결되며 그것을 허무한 일로 보면서도 그렇게 텅 빈 공간에 홀로 앉아 있으면 몸과 마음이 편해진다고 자서自序에서 이

야기하고 있다. 이 자서의 내용으로 미루어 짐작하건
대, 시인은 텅 비어 있는 것에 대하여 부정성을 이야
기 하면서도 거기에 내재한 긍정성을 바라보고자 한
다.

이것은 시인만이 끝까지 놓을 수 없는 내면의 두레
박이며, 그가 자서에서 밝히듯 '마음 속의 풍경'이기
도 하다. 시인은 내면의 둥글고 아래로 구멍 난 우물
에 두레박으로 끊임없이 물을 길어 올리기 위해 두레
박을 던져 넣기를 하면서 우물의 이쪽에서 두레박의
끈을 어느 정도의 길이로 내리면 두레박이 내면의 언
어를 퍼 올릴 수 있는가를 가늠하는데, 이 가늠이야말
로 있음으로 가득 찬 세계와 텅 비고 없는 세계의 대
립을 소통하는 방식이라고 여겨진다.

그런 면에서 이시환의 시는 그 가늠하는 시간 속의
예리한 감각이 더욱더 벼려지는 순간, 순간들에서 나
온 언어들로 직조織造되고 있다.

이시환의 시에서 텅 비어 있는 세계는 '내 가슴 속
황량한 벌판'(「벌판에 서서」)이라고 하여 공허감, 죽음,
고요, 사막, 적막 등으로 표현되고 있다.

그곳 내가 걷는 길의 고적함 속으로
저들이 곤두박질치며 부려놓는,
짧은 한 악장의 장중한 화음을 들어보시라.

저들끼리 밀고 당기고, 질질 끌고 잡아채며,
점점 세게, 아주 여리게, 사라지는 듯하다가도 다시 소생하는,
허허벌판에 부려지는 화음이 범상치가 않구나.

죽어가는 세상을 부여잡고
그리 통곡하는 것이더냐?
이 들판 저 산천에
푸른 세상을 다시 일으켜 세우려는 것이더냐?

싸락눈이 섞여 내리는 겨울비가 부려놓는,
오늘의 짧은 한 악장의 화음이
절뚝이는 나를 다시 일으켜 세우시네.
침몰하는 세상을 다시 붙들어 일으키시네.
―「겨울비」

　나름대로는 열심히 산다고 살았건만 나이 팔십이 되도록
십여 평짜리 영구임대아파트를 벗어나지 못한 우리들의 이웃,
김 씨 아저씨. 하필이면, 들끓는 가래 천식으로 꽃 피는 봄날
에 숨을 거두었네. 하나뿐인 자식은 탕자湯子가 되어 돌아왔으
나 눈물을 삼키며, 애비의 주검을 화장火葬하고 남은 재를 뿌
리고, 손을 탈탈 텂으로써 쓰레기를 치우듯 말끔히 그의 흔적
을 지우고, 그를 지워 버리네.

있거나 이루었다고 아니 가는 것도 아니고, 없거나 이루지
못했다고 먼저 가는 것만도 아니고 보면 더는 허망할 것도,
더는 쓸쓸할 것도 없다. 세상이야 늘 그러하듯 내 눈물 내 슬
픔과는 무관하게스리 아무 일도 없었던 것처럼 여전히 분망奔
忙하고 분망할 따름. 이 분망함 속에서 죽는 줄 모르고 사는
목숨이여, 한낱 봄날에 피고 지는 저 화사한 꽃잎 같은 것을.
아니, 아니, 이 몹쓸 바람에 이리저리 쓸려가는 발밑의 티끌
같은 것을.
　-「봄날의 만가」

모래뿐인 세상,
적막뿐인 세상 그 한 가운데에 서서
머리 위로는
쏟아지는 햇살로 흥건하게 샤워하고
발밑에서부터 차오르는 어둠으로는
머릴 감으면서
나는 비로소 눈물,
눈물을 쏟아놓네.

아, 고갤 들어 보라.
살아 숨 쉬는, 저 고단한 것들의 끝
실오리 같은 주검마저도 포근하게 다 끌어안고,

혈기왕성한 이 육신의 즙조차 야금야금 빨아 마시는
모래뿐인 세상의 중심에
맹수처럼 웅크린 적막이 나를 노려보네.
  ―「사막투어」

이시환에게 이 세상은 공허하며 참으로 고단하다.
그래서 그는 '모래뿐인 세상', '적막뿐인 세상'이라고
진단한다.

시적 화자는 그 힘겨운 세상의 한 가운데에 서서
'죽는 줄도 모르고 사는 목숨'에 지나지 않는다. 참담
하기 그지없는 이 마음 속 풍경에 독자들은 이시환의
고뇌를 읽을 수 있다. 그 어디에도 생명을 읽을 구절
이 없다. 그 세상에 사는 시적 화자 '나'는 절뚝이는
병신이다.

시인은 제복과 달리 '안 병신'일 수 없다. '지금 여
기'의 현실이 '침몰하는 세상'이기에 시인은 절뚝이
는 병신으로서 그를 둘러싼 세상을 말하고 싶은 것이
며, 스스로 병신 되기를 자처하는 자이다.

이러한 비극적인 현실은 김씨 아저씨의 죽음에서 보
여주듯이 열심히 살았지만 팔십이 되도록 십여 평짜
리 영구임대아파트를 벗어나지 못하는 이웃들의 아픔
을 드러내고, 탕자가 되어 돌아온 아들이 아비의 시신
을 쓰레기 치우듯 흔적을 지우는 데서 극에 달한다.

이와 같은 죽어 가는 세상을 부여잡고 시인은 통곡하는 소임을 맡고, 침몰하는 세상에 맞서 절뚝이는 자신을 다시 일으켜 세우기 위해 몸부림을 친다.

  광야에 해당하는 황량한 벌판에서 시적 화자를 일으켜 세우고 침몰하는 세상을 다시 붙들어 일으키는 것은 '짧은 한 악장의 장중한 화음'이다. 이와 같이 죽음의 부정성의 세계를 생명의 긍정성으로 바꾸는 것은 '피리 소리'(「바람소리에 귀를 묻고」), '바람의 연주'(「바람의 연주」)에 의해서 이루어진다. 「사막투어」에서 사막이라는 공간은 황량한 벌판의 연장선상에 있는 것으로서 시적 자아가 공허감과 삶의 고단함으로부터 생성된 부정성을 회복하기 위해 정화되는 장소이다. 정화, 그 씻김의 공간에서 시적 화자는 자신을 대면하기 때문에 두려움에 사로잡혀 '맹수처럼 웅크린 적막'이 '나'를 노려본다고 말한다.

  이와 같은 과정을 통해 시적 화자는' 나는 비로소 눈물, 눈물이 쏟아지네'라고 하여 씻김으로써 정화되고 있다. 자기 응시와 내 안의 '나' 바라보기는, 「그해 겨울」에서 '나도 한 그루 헐벗은 미루나무처럼/ 그 깊은 겨울에 갇혀서/ 숨죽인 대지의 심장 뛰는 소리에 귀를 묻고/ 그 텅 빈 세상에 갇혀서 / 이글거리는 눈빛을 깃발처럼 내걸어 놓는다'라고 하여 겨울과 텅 빈 세상에

간혀서 헐벗은 미루나무의 적신赤身에 깃발 내걸듯 준
엄히 이루어지고 있다.

　이러한 정화, 씻김은 자기 지우기, 또는 비우기이
다. 존재의 부정성은 자기 비우기나 지우기를 이행함
으로써 도달되는 경지이다. 시「태양」에서 시적 화자
는 '태양이시여,/ 나의 심장을 조금만 가볍게 하라/
그것이 마침내/ 한 덩이 까만 숯이 되고,/ 그마저 하
얀 재가 되어 폴폴 날릴 때까지/ 불타게 하라'라고 외
친다.

　시인에게 텅 빈 부정성의 세계는 긍정성으로 극복되
어야 할 것이며, 텅 빈 것이 편안함으로 다가오기까지
텅 빈 것의 부정성과 대결해야 하는 것이 시인이 처한
운명인 것이다. 시인은 스스로 '병신되기'를 마다않
고, 텅 빈 것의 부정적 세계를 통곡해야할 소임을 맡
는다.

3

　시「겨울바람」에는 두 세계가 존재하고 있다. 그것
은 '텅 비어 있는 가슴 속'과 같은 부정성의 세계와
'한 마리 귀여운 들짐승', '진흙', '눈먼 광인', '어린
풀꽃을 터뜨리는' '겨울바람'의 긍정적 세계가 대립

되어 반복되고 있다. 그러나 이 두 세계가 공존하고 상호 침투함으로써 텅 빈 것의 부정성은 놀랍게도 극복되고 있다. 그래서 시인은 「공空」에서 텅 비어 있는 것에 대해 찬탄讚嘆한다.

텅 비어 있다는 것, 그 얼마나 깊은 것이냐.
내 작은 성냥갑, 야트막한 주머니, 큰 버스, 깊은 하늘
모두 비어있다는 것은 그 얼마나 아득한 것이냐.
그런 네 텅 빈 가슴 속으로 문득 뛰어들고 싶구나.
그 깊은 곳에서, 그 아득한 곳에서 허우적대다가
영영 익사해버리고 싶은 오늘,
텅 비어 있음으로 꽉 차 있는
네 깊은 눈 불길 속으로 뛰어들고 싶구나.

이 시에서는 텅 비어 있는 존재들을 나열하면서 깊은 하늘마저도 텅 비어 있고 그 비어 있는 것이 얼마나 깊고 아득하냐고 독자에게 반문한다. 텅 비어 있는 것은 허전하고 쓸쓸하고 공허한 부정성을 넘어 오히려 깊고 아득하다고 노래한다. 그리고 텅 비어 있음으로 해서 역설적으로 '꽉 찬' 것으로 치환해 놓는다. 텅 비어 있는 것과 '꽉 찬' 것은 대립적인 개념이지만 이시환의 시에서는 완전한 텅 빔이 오히려 꽉 참이 되는 역설적 세계를 보여준다. 이런 텅 비어 있음은 「구

멍론」에서 더 구체화 되고 풍성하다.

　커다란, 혹은 깊은/ 구멍이 눈부시다./ 푸른 나뭇잎에도, 사
람에게도/바람에게도, 하늘에도, 우주에도,/ 그런 구멍이 있
다./ 기웃거리는 나를 빨아들이듯/불타는 눈 같은,/ 그런 구멍
이 어디에도 있다./ 사람이 구멍으로 나왔듯이/비가 구멍으로
내리고,/ 햇살도 구멍으로 쏟아진다. (후략)

　텅 비어 있는 것의 구체화는 구멍이며 그 풍성한 구
멍은 우주만물과 인간에게도 존재하고 있다. 구멍은
삶으로도 죽음으로도 유有에서 무無로도 또는 그 역으
로도 되는 하나의 통로이며 분절적이거나 대립적인
것으로만 존재하지 않는다. 이시환은 그의 자서에서
하나의 통로로서의 구멍을 '한 몸 안에서 커다란 두
기둥이 되었던 것'으로 동일시하고 있다.

　돌이켜보면, 죽음의 아늑함과 생명의 뜨거움이 나의 삶속에
서 늘 함께 자리 잡고 있었으며, 죽음은 '공허'로 묶여지고,
생명은 '바람'으로 묶여졌다. 그리하여 공허는 생명의 존재양
식 변화인 죽음의 양태일 뿐이며, 바람은 생명에 원기를 불어
넣는 텅 빈 공간의 보이지 않는 움직임일 뿐이라는 막연한 생
각을 해왔다. 결과적으로, 생명과 죽음, 존재하는 것과 존재하
지 않는 것, 생성과 소멸이라는 대립되는 두 키워드가 한 몸

안에서 커다란 기둥이 되어있었던 것이다.

생성과 소멸의 구멍은 잉태와 죽음의 장소이며 여성
성의 상징인 자궁이다. 거기에는 삶과 죽음이 동시에
들어있고 이시환의 구멍은 자궁으로 회귀하려는 퇴행
(죽음)을 보여주는 것 같지만 거기에 머물러 있지 않은
부분이 평가될 만하다고 본다. 그 이유는 이시환의 구
멍이 생명의 근원으로 기능하는 데에 있고 그것은 순
환되는 우주를 의미하기 때문이다.

그 구멍을 통해서만이/ 한없이 빠져들 수 있고, 침잠할 수
있고,/ 새로 태어날 수 있다./
그것으로부터 모든 것이 비롯되고,/ 비롯된 모든 것이 그곳
으로 돌아간다./

텅 비어 있는 구멍은 비어 있기 때문에 모든 것을
품을 수 있다. 그리고 거기엔 생명을 움트게 하고 거
기에서 모든 것이 시작되며, 비롯된 모든 것이 그곳으
로 돌아간다는 만상동귀萬狀同歸의 불교적 존재론에
이르고 있다.
그러므로 시인에게 구멍은 '숨통, 기쁨, 슬픔'이 된
다고 말한다. 이시환 시의 이러한 시법은 역설에 근거
하며, 존재/비존재의 영역을 넘나드는 시인의 감성이

길어낸 성과라 아니 할 수 없다. 즉 텅 비어 있는 것이 시인에게 긍정적으로 자리매김 될 수 있는 것은 결코 한 순간에 이루어졌던 것이 아니다. 이시환은 그의 자서에서

어리석게도 나는 어렸을 때부터, 불교佛敎의 영향 탓인지, 이 '유'와 '무'란 개념에 대해 집착해 왔다. 동시에 집착하며 살아있게 하는 내 생명의 본질에 대해서도 깊이 천착해 왔다.

곧, 온갖 욕구 욕망으로 들끓게 하면서도 때론 부끄러워하게도 하고, 때론 의롭게 하게도 하면서 심장을 뛰게 하는 힘의 근원과 미추美醜에 대해서도 오래오래 생각해 왔다는 뜻이다.

라고 밝히고 있다. 시인은 불교적 사유의 경험을 어릴 때부터 하여왔고 존재론적 문제에 대해 자연스럽게 바라볼 수 있는 내적 힘이 길러진 것이라고 간주된다.

4

「구멍론」의 구멍이 위에서 아래로 내려다 본 구멍 보기라면 「하늘」에서는 아래에서 위로 난 구멍 들여다

보기이다. 이 세상은 태초에 어둠에 둘러싸인 거대한 궁창이었으며 그 궁창의 위쪽이 하늘이 되고 아래가 땅이 되었다.

이시환의 구멍은 이렇게 창세기의 궁창의 이미지를 엮어 그 세계를 확장시키고 있다. 그러므로 창세기의 궁창은, 불교적으로 말하면 거대한 우주이며, 페미니 즘 시각에서는 여성의 자궁을 상징하며 생명을 잉태 하고 키우는 거대한 막이고, 그것들은 둥근 것으로서 순환의 원리에 기초한다.

미루나무 푸른 잎에는
푸른 잎만한 하늘이 반짝거리고

종알대는 까치 새끼들에겐
까치 새끼만한 하늘이 실눈을 뜬다.

높은 산 깊은 계곡에는
높은 산 깊은 계곡만한 하늘이 뿌리 내리고

너른 들 너른 바다에는
너른 들 너른 바다만한 하늘이 내려와 있듯

사람 사람들에겐

저마다의 하늘이 숨을 쉬고

지나가는 바람에게도
지나가는 바람만한 하늘이 내걸려 있구나.

하늘 궁창 아래에 있는 사물들과 인간들에게 하늘
궁창은 그것만큼 현현되는 것이며 그 거대한 구멍을
한낱 풍경화처럼 보아온 것을 이시환의 구멍 보기라
는 렌즈에 잡힌 하늘은 역동적이다. 즉 자궁의 막처럼
하늘이 사람과 사물, 동식물과 나아가 우주를 둘러싸
고 있기 때문에 그 안의 모든 것들은 생명력을 가질
수 있게 된다.

이러한 우주의 구멍에는 바람이 생명의 원천을 제공
한다. 바람이야말로 이 우주의 힘의 근원이며 생명이
다. 시 「바람소리에 귀를 묻고」를 보자.

먼 옛날,
할아버지가 대나무에 구멍을 내어
천 가지 만 가지 마음의 소리를 내듯
하늘과 땅 사이
커다란 구멍을 열고 닫으며
만물에 숨을 불어 넣고
만물의 혼을 다 빼가며

천 가지 만 가지 빛깔의 소리를 내는
당신의 피리 연주.

바람소리에 귀를 묻고
귀를 기울이는 동안
이미 한 생이 저물어가듯
또 한 생명의 싹이 돋는구나.

하늘과 땅 사이
커다란 구멍을 열고 닫으며
크고 작은 바람으로
만물에 혼을 다 빼가며
이 땅 가득 부려 놓는
당신의 말씀이여, 사랑이여.

　　하늘과 땅 사이에 시인은 거대한 구멍이 있다고 보
고 그 구멍, 우리가 '대기'라고 부르는 그 공간에서
쉴 새 없이 바람이 순환함으로써 땅 속, 땅 위, 하늘의
모든 삼라만상이 변화를 하게 되는 우주의 이법理法을
이시환은 이 시에서 표현하고 있다. 만물에게 숨을 불
어넣기도 하고 만물의 혼을 거두기도 하는 자는 과연
어떤 존재자인가? 이는 우주만물을 만든 조물주이며
생명을 주재한다. '바람소리에 귀를 묻고/ 귀를 기울

이는 동안/ 이미 한 생이 저물어가듯/ 또 한 생명의 싹
이 트는구나/ 하고 시인은 바람소리를 들으며 존재들
의 생멸을 듣는다.

시인은 여기에서 성서적 기원인 창세기의 공간으로
독자를 초대하여 우주만물의 시원始原과 창조創造의
세계로 이끈다. 먼 옛날의 할아버지는 창조주를 연상
하게 하고, 시의 마지막 행에서와 같이 '당신의 말씀
이여, 사랑이여' 라는 구절에서 조물의 원인이 사랑 –
불교적으로는 자비– 이며 그것이 말씀으로 전해져 온
성서적 세계로 의미영역을 확장시키고 있다.

이런 부분에서 이시환의 시는 문학과 종교라는 상호
텍스트적 측면을 지니고 있기 때문에 시의 세계가 지
니는 깊이와 영역이 확장되어 있다고 할 수 있다.

그리고 여기에는 불교적인 세계와 기독교적인 세계
가 어우러져 있기 때문에 종교혼합적인 특성을 가지
고 있다.

그러나 이시환은 종교혼합주의를 말하지 않는다. 어
디까지나 웅대한 창조질서와 모든 생명의 만상동귀라
는 기독교와 불교적 진리를 시 속에 풀어둠으로써 시
세계에 깊이를 두었다.

그리고 그것이 사랑[자비]에 의해 수행되고 로고스
에 의해 세세대대로 전하여져 왔다고 말한다. 시인의
의식이 여기까지 다다르면 텅 비어 있는 것의 부정성

도 극복이 되고, 그것은 오히려 긍정성으로 시에서 작
용하며 텅 빈 것이나 없는 것을 보는 시선이 달라지게
된다. 인간이 생멸을 다하는 것도 불교적 진리에서는
하나의 순환일 뿐이며 이법일 뿐이다. 그러기에 시인
은 소멸해가는 것도 아름다운 것이라 하고 소멸해 가
는 것을 노래하고 싶은 것이다.

5

텅 비어 있는 것, 소멸해 가는 것의 허허로움을 극
복하고자 하는 시인의 몸부림은 「벌판에 서서」에서 나
타난다.

바람이 분다.

얼어붙은 밤하늘에 별들을 쏟아 놓으며
바람이 분다.
더러 언 땅에 뿌리 내린
크고 작은 생명의 꽃들을 쓸어 가면서도
바람이 분다.

그리 바람이 부는 동안은

저 단단한 돌도 부드러운 흙이 되고,
그리 바람이 부는 동안은
돌에서도 온갖 꽃들이 피었다 진다.
바람이 분다.

내 가슴 속 깊은 하늘에도
별들이 총총 박혀 있고,
내 가슴 속 황량한 벌판에도
줄지은 풀꽃들이 눈물을 달고 있다.

바람이 분다.

한 인간이 자신의 소멸을 받아들이는 것은 쉬운 것은 아니기에 소멸을 받아들이는 것도 종교적 진리를 접하면서 인식의 지평이 열리게 되고 그것을 받아들이면서 인간은 자신도 삼라만상의 일부라는 것을 깨닫게 되고 겸허해질 수가 있다.

인간은 지난 세기에 우주의 삼라만상의 존재들을 인간이 지닌 끝없는 욕망으로 파괴하여 왔고 인간 자신마저도 욕망의 기계가 되게 하여 파멸의 길로 인도하였다. 자연적 소멸과 파괴적 소멸은 같지 않다.

이시환은 자연적 소멸을 이야기하여 텅 비어 있을 수 있고, 없음을 노래할 수 있으며, 겸허하게 욕망을 내려놓은 인간, 즉 자유인自由人이고자 한다. 만상을 제멋대로 부리기만 하는 지배자 인간이 아니라 만상과 함께 동귀하는 인간이고자 한다.

소멸은 욕망이 거세되는 것이기에 우주적 이법을 깨달으면서 받아들여 갈 때 아름답고 아득하며 깊이를 가진 것이라고 토로할 수 있게 된다. 「대숲 바람이 전하는 말」에서는 인간의 운명적인 죽음을 다음과 같이 노래하고 있다.

이러쿵저러쿵 한 세상을 살다가 훌쩍 자리를 비운다는 게 얼마나 깊은 아득함이더냐. 그 얼마나 아득한 그리움이더냐. 저마다 제 빛깔대로 제 모양대로 제 그릇대로 머물다가 그림자 같은 공허 하나씩 남기며 알게 모르게 사라져 간다는 것, 그 얼마나 그윽한 향기더냐, 아름다움이더냐.

불확실한 시대에 가장 분명한 진리는 모든 인간은 죽을 수밖에 없는 운명이라는 점이다. 그동안 너무 살아 있는 것만을 보아왔고 그 안에 배태되어 함께 커가는 죽음에 관해서 이야기하지 않았다.

그래서 죽음은 두렵고 꺼려지는 것이고 죽지 않으려고 발버둥을 쳐왔다. 성장만 있고 아름다운 소멸은 있을 수 없었다. 성장만을 부르짖는 시대에 거기에 반하는 것을 외치면 아무도 들어주지 않고 외면하기 때문이다. 인간이 죽을 운명이라는 것을 겸허히 받아들이게 되면 인간은 인간답게 살 수 있게 된다.

그것을 받아들이기보다 피하고 성장만을 외쳐왔으니 성장에 방해되는 모든 것들을 차별하고 부정적인 것들로 간주하여 구석에 밀어 두던지 획일화라는 이름의 제복으로부터 훈육, 감시와 처벌을 받아야만 했다. 죽음이 그렇다. 저 구석에다 처박아 둔 것이 어느 날 반역을 일으키고 살아있는 것에 도전을 해 온다. 있음만이 강조되던 시대는 성장만을 최고의 가치로 외쳐대던 시대였다.

그럼에도 불구하고 이시환은 없음을 이야기하려 한다. 「대숲 바람이 전하는 말」에서 시인은 죽음을 향기나 아름다움으로까지 끌어올리고 있는데 죽음을 희화화하려는 것이 아니라 겸허하게 인간의 죽음을 바라보고 그 부정성을 넘어 긍정성을 이야기하고자 한다. '서씨 아저씨도 갔고, 김씨 아저씨도 갔고, 이젠 그 박가 놈도 이런저런 이유로 가고 없다'고 시인은 그 허전함을 노래하지만 그들의 빈자리가 깊이와 향기, 그리움과 아름다움을 저마다 하나씩 간직한 존재들이었다는 점을 강조한다.

평범한 사람들의 죽음이 이렇듯 아름다운 존재의 소멸로 호명되는 순간, 존재들의 죽음이 죽음이 아니라 불려짐으로써 다시 살아나는 것으로 치환됨을 알 수 있다.

　이시환은 그렇게 아무 것도 아닌 것들에 대해 애정을 가지고 바라보고 있다. 없음마저 있는, 풍요롭고 생명력 넘치는 세상이 되길 그는 노래한다.

심종숙
· 1968년 경북 청송 출생
· 1995년 한국외국어대학교대학원 일본어과 석사과정 졸업
· 2005년 한국외국어대학교대학원 비교문학과 박사과정 졸업
· 박사학위논문 : 〈미야자와 겐지와 한용운의 시 비교연구
　　－주체의 분열과 소멸, 극복을 중심으로－〉
· 2012년 〈동방문학〉에 시로 등단
· 바라시 동인지 7, 8, 9, 10집 참가, 0度동인 1, 2집 참가
· 공저 〈1960년대 시문학의 지형〉, 〈일본인의 삶과 종교〉,
　　〈문학, 일본의 문학〉
· 번역서 〈바람의 교향악〉, 〈은하철도의 밤〉
　　〈바람의 마타사부로〉(한역) 〈귀택〉(일역)
· 현재 한국외대 강사로 재직.

이시환 제 12시집

몽산포 밤바다

2013년 03월 02일   초판인쇄
2013년 03월 12일   초판발행

지은이 : **이 시 환**
펴낸이 : **이 혜 숙**
펴낸곳 : **도서출판 신세림**
　　　　　100-015 서울특별시 중구 충무로5가 19-9 부성B/D 702호
등록일 : 1991. 12. 24
등록번호 : 제2-1298호
전화 : **02-2264-1972**
팩스 : **02-2264-1973**
E-mail : shinselim72@hanmail.net

정가 **10,000원**

ISBN 89-5800-133-X, 03810